BROTHER

SISTER

井上真偽
INOUE MAGI

ぎんなみ商店街の事件簿

〈BROTHER編〉

小学館

ぎんなみ商店街の事件簿

BROTHER編

これからあなたが目にするのは
ある事件のひとつの側面にしかすぎません

目次

お母さんへ

福太

お母さん、たんじょう日おめでとう。

今年はオレたちも、お母さんのマネをして、おいわいのカードをつくることにした。プレゼントは、もうあけた? いちおうせつめいしておくと、カレンダーがオレで、色えんぴつが学太。お母さん、病院から見えるけしきがいつも同じで、たいくつだって言うからさ。学太と相談して、ひまつぶしに絵がかけるよう、でかい風けいのカレンダーを買ったんだよ(タブレットは目がつかれるって言ってたから)。

で、画用紙のグチャグチャのらくがきが良太で、ケーキが元太。すごいだろ、元太のケーキ? お母さんが入院してから、元太りょうりがめちゃくちゃうまくなってさ。もうお店開けるよ、元太。

あと、お母さんはうちのことが心配だって言ってたけど、大丈夫。オレたち、けっこうちゃんとやってるよ。そりゃあ最初は、ぜんぜんダメだったけどさ。元太は元気ないし、学太はないてばかりで学校の宿題もしないし、良太は悪ふざけばっかだし(良太はまだしかたないけど)。オレだって、お母さんがいなきゃ、ぜんぜん幸福じゃない。

でも、それじゃいけないって、オレたち気づいてさ。お母さんも病気とたたかってるんだし、オレたちも名前負けしちゃいけないって、元太が言って。それで、がんばってる。そうそう、お母さん、銀波寺の「おひゃくどまいり」って知ってた？　あそこの階段を100回、だれにも見られずにおうふくすると、ねがいがかなうんだって。オレたち、それやった。良太は元太がおぶってさ。だいじょうぶ、だれにも見つからなかったよ。だから、お母さんの病気はぜったいになおると思います。

だからお母さん、早く帰ってきて。

みんなで、待ってます。

第一話

桜幽霊とシェパーズ・パイ

「わしゃ、もう二度と、航海には出やせんぞ。もし、メアリー・ポピンズが、いっしょにお昼をいかが？　と、いってくれりゃぁな……」

　もちろん、メアリー・ポピンズは、そういってくれました。そこで、ブーム提督は、羊飼いのパイを大もりで食べ、りんごの重ね焼きは、二度もおかわりをして、みんなを喜ばせました。

　それからブーム提督は、ようやく席を立ち、帰っていきました。ブリルばあやのエプロンをしっかりこしにまいたままでしたが、気づいた人は、本人もふくめて、だれもいませんでした。

台所のメアリー・ポピンズ　おはなしとお料理ノート

原作：P. L. トラヴァース

1

「なんだ、この唐揚げ。めちゃくちゃ旨《うめ》え」

弁当箱の蓋《ふた》を開けるなり、貴重な唐揚げの一つが横からかっ攫《さら》われた。

声を上げる間もなかった。それどころか、盗《ぬす》っ人《と》が放った一言に、格技場で昼飯中だった剣道部仲間が「何」と一斉に目を光らせる。ゾンビ映画のようにわらわらと周囲から手が伸びた。木暮福太《こぐれふくた》は慌てて弁当を死守しようとするが、一瞬遅く、あっという間に主菜の大部分が餓《う》えたハイエナどもの餌食になる。

「おお。マジで旨え」

「肉汁がすごい。冷めてんのに、ジューシー」

「衣もスパイシーだな。この唐揚げ粉、どこのメーカーのよ？」

口々に賛嘆の声が上がる。福太は言葉を失《な》くし、一つだけ残った唐揚げを呆然《ぼうぜん》と見つめた。

――おいおい、ふざけんなよ。メインのおかず、あれしかねえんだぞ。残り一個でどうしろっつうんだよ？

鷹橋圭人《たかはしけいと》――福太と同じクラスで、最初に唐揚げを盗んだ張本人――が、端整な顔立ちにそぐわぬ意地汚さで、じっと箸を咥《くわ》えて最後の鶏肉《とりにく》を物欲しげに見やった。

「この唐揚げ粉って、市販のやつ？」

「さあ……。知らね」

「お前が作ったんじゃねえの？」

「そんなわけねえだろ。兄貴のお手製だよ」

「あのイケメン兄貴か。フレンチの人気店で働いている――何。お前の弁当って、いつも兄貴が作ってんの？」

「たまにだよ」

不機嫌面《ふきげんづら》で言い返す。圭人はふーんと相槌《あいづち》を打ちつつ、未練を断つように自分の弁当箱に目を向けた。カラフルな色合いのおかずに、白飯には某有名ゲームのハムスターっぽいキャラクターの形に切り抜かれた海苔《のり》がのっている。高校生になっても母親がキャラ弁作りを止《や》めてくれないそうだ。最初こそ恥ずかしそうに隠していたが、今は開き直って堂々と公開している。

「いいよなあ、福太は」

すると二番目に手を出した小太り男――一見鈍重そうだが剣道では意外に動きが素早い、同じ二年の蓮見卓郎《はすみたくろう》――が、心底羨《うらや》ましそうな顔つきで言った。

「身内にプロの料理人がいてさ。俺の母ちゃん、いわゆるメシマズ嫁ってやつでさあ。昨日の晩飯、カレーだったんだけど、あんなの肉と野菜を炒《いた》めて煮て、市販のルーをぶち込むだけじゃん。なのになんでここまで不味《まず》く作れんの、ってくらい、劇的な不味さで――」

無意識に表情が曇った。それに目ざとく気付いた圭人が、「おい」と小声で卓郎に囁《ささや》いてそのたるんだ脇腹を小突く。

卓郎はハッとした顔で、慌てて頭を下げてきた。

「ご、ごめん。福太」

「——何がだよ？」

苦笑し、努めて気にしていない素振りで、最後の唐揚げに箸を突き刺す。上半分が空《から》になった弁当箱を仲間に見せつけながら、恨みがましく言った。

「それよりこれ、どうしてくれるんだよ。おかずがなくなっちまっただろ。下敷きのレタスとプチトマトで、どうやって残りの白飯食えって言うんだよ」

「ああ。悪《ワリ》ィ悪《ワリ》ィ」

主人は軽い調子でそう答えると、自分の弁当箱からおかずを一品、無造作に選んで福太の弁当に放り込む。それを見て、ほかの連中も次々とおかずを寄付し始めた。冷凍食品らしきミニハンバーグ、卵焼き、ウインナー。エビシュウマイ、変わり種の春巻き、何かの白身魚の西京《さいきょう》漬《づ》け、チーズの角切りを餃子《ギョーザ》の皮で巻いて揚げたもの——。

……何弁当だよ。

再度苦笑する。だがともかく、これでおかずの目途はついた。一安心し、とっておきの唐揚げにようやくの思いでかぶりつく。

衣に歯を立てると、まずさっくりとした歯ごたえがあり、次いで中からジュワッと肉汁の旨味《うまみ》が溢《あふ》れ出した。鶏肉は冷めているのに芯まで柔らかく、漬け込んだにんにく醬油《じょうゆ》と衣に混ぜたハーブの香味が、口の中でえも言われぬ絶妙な風味を醸し出す。いまさらながら、とんでもないものを奪われてしまったと後悔した。

——ちくしょう。やっぱり旨《うま》いな、兄貴の唐揚げは。

古びた鉄骨アーケードの下に、ソースや焼き鳥の香ばしい匂いが立ち込める。

地元の商店街、ぎんなみ商店街。かつて寺の門前町として栄えた通りで、ＪＲの駅を降りた正面にあるこの商店街をまっすぐ抜けると、地名の由来にもなっている「銀波寺《ぎんなみでら》」の山門にたどり着く。

その山門の先にある長ったらしい石段が、福太の自宅への近道だった。近道と言っても、頂上までで千段を超えるこの階段を使う物好きはそうそういない。参拝客もだいたい車やバスで山頂の駐車場まで直行する。福太もいつもは自転車通学なので、登下校には別ルートを利用している。

しかし、今日は自然と足がこちらに向いた。自転車がパンクして徒歩だったこともあるが、理由はそれだけではない。

たこ焼きやコロッケなど、何かと誘惑の多い商店街を抜け、どでかい山門をくぐる。すぐに銀杏《いちょう》並木に挟まれた、壮麗な大階段が目の前に現れた。この「銀波寺」は銀杏並木が見事なことで有名だが、「銀波」の名前の由来は、そこではない。

深呼吸し、階段に踏み出す。太腿《ふともも》の筋肉に若干の張りを感じ始めたころ、ふと前方に見覚えのある背中が見えてきた。

「学太《がくた》」

思わず呼び止める。小柄な体がぴくんと跳ね、おそるおそるといった様子でこちらを振り返った。色白の小顔に、トンボのような大眼鏡《おおめがね》。相手はその眼鏡の下から警戒の眼差《まなざ》しをじろりと向けると、すぐにフッと表情を緩めた。

「なんだ。福太か」

上の弟の、学太だ。

地元の銀波中学校に通う中学二年生。その名の通り見た目はいかにも賢そうで、実際成績もいい。そのぶん小賢《こざか》しい口を利くので兄としてはあまり可愛《かわい》げを感じないのだが、世間一般にはどうやら愛嬌《あいきょう》のある顔立ちらしく、近所の主婦や女子学生からは「笑うとカワウソみたいで可愛い」と非常に評価が高い。

「お前も、今帰り？」

「うん」

「書道部は？」

「今日は定休。福太は？」

「テスト休み。部活なし」

「ああ、そうか。銀波高校って、もう来週中間テストなんだ。福太、全然勉強してないからわからなかったよ」

「うるせえ。ほっとけ」

パシッとサラサラの髪を叩《たた》く。いってえ、と学太が唇を尖《とが》らせてこちらを見た。いいんだよ、俺は。お前みたいに、頭の良さが売りってわけじゃねえんだから——と言っても別に運動が得意なわけでもないので、つまりは取り柄がないということなのだが。

福太は乱暴者だな、まったく——などと学太はぶつぶつ呟《つぶや》きつつ、持っていた本を再び顔の前に掲げる。どうやら歩きながら読書をしていたらしい。階段でバランスを崩さないよう顔を上げているせいか、妙に姿勢がいい。背中に四角いリュックタイプの学生鞄《かばん》を背負っているので、ちょうど薪《たきぎ》を運ぶ二宮金次郎《にのみやきんじろう》像のようだ。

隣に並んでジロジロ横顔を見ていると、学太が鬱陶《うっとう》しそうな目を向けてきた。

「なに？」

「いや……」

妙な気まずさを感じて視線を泳がす。――あれ？　俺ってこいつが小学生のころ、どんな会話してたっけ？

「ええと……そういやお前、今日の弁当食べた？」

「そりゃ、食べたよ」

「すげえ旨くなかった？　あの唐揚げ」

「ああ。あれは美味《おい》しかったね。さすが元太《げんた》はプロの腕前だ」

「あれ、どうやって作ったんだろうな？」

「たぶんフレンチの技法じゃないかな。コンフィかなんか……」

「コンビーフ？」

「……コンビーフぐらいでちょうどいいかもね。福太には」

やんわりとバカにされたことはわかった。というか、こいつにとってコンビーフは格下扱いの食材なのか？　あれ、結構高いし旨いんだぞ。今度兄貴に頼んで、コンビーフ丼でも作ってもらうか。

そんなことをつらつらと考えていると、遠くからピーポーと救急車のサイレンが聞こえてきた。

視線を上げる。サイレンは左手の銀杏並木の向こうから聞こえていた。その音は徐々にボリュームを上げて接近してくると、突然ピタリと途絶えた。

「……事故かな？」

学太も気付いて、音の方向を眺める。

銀杏の合間には、ガードレールのある車道がちらりと見えた。銀波坂だ。この銀波寺は小高い山の上にあり、その敷地の西側に沿うように長い坂が続いている。

――銀波寺の由来は、まさにこの坂にある。

かつて高僧がこの地を訪れた時、地元にある川、「天ツ瀬川《あませ》」が氾濫した。すると突如どこからともなく銀色のネズミの群れが現れ、この坂を通って民衆を高台まで誘導し、命を救ったという。

高僧はこれぞ仏恩と深謝し、その高台に寺を建立した。その際にネズミの群れが銀色の波に見えたことから、「銀波寺」と名付けた――ということである。

ちなみに銀波寺の本尊は「聖天様《しょうでん》」という仏教の神様で、もとはガネーシャというインドの神様。ネズミはそのガネーシャの使いらしいから、そのあたりも関係しているのだろう。

かように由緒正しき坂だが、今はすっかり寂れて人通りも絶えていた。なんでも福太が生まれる前に、もう一本新しい国道の坂が近くにできたらしい。そちらのほうが安全で利便性も高いため、人も車も流れて行ってしまったという話だ。

「袴田《はかまだ》さんのお店のあたりだ。大丈夫かな、袴田さん……」

学太が心配そうに言う。旧坂の中腹に、福太たち一家が懇意にしている個人商店があった。サイレンのあとはすっかり静まり返った坂の様子に、福太も軽い胸騒ぎを覚える。

「……どっちかが、病気で倒れたってことはないよな？」

「え？」

「袴田のおじさんかおばさん。二人とも、いい歳《とし》だろ」

「どうだろう。そっちの理由もありえなくもないけど、ちょっと前に、ドーンッて何かがぶつかるような音を聞いたんだ。あのときは音が遠かったから、あまり気にしてなかったけど」

「なら、やっぱり交通事故か。――だとすると、また変な噂《うわさ》が立ちそうだな」

「変な噂？」

「桜幽霊。また銀波坂で事故が起きたって、面白おかしく騒ぎ立てる連中が出てきそうだ」

「ああ……」

廃屋や廃トンネルに怪談が生まれるのと同様、廃れた銀波坂にも不気味な噂が立っていた。

「銀波坂の桜幽霊」だ。毎年桜の季節になるとこの坂に女の幽霊が現れ、その美しさで男の目を引き、交通事故を起こさせる――というもの。もっともこちらは最近出来た都市伝説のようなもので、銀波寺のような古い謂《いわ》れがあるわけではない（坂にある桜は数十年前に植えられたものだし、そもそも寺ができた時代に自動車はない）。

幽霊話が出たついでに弟の顔をじっと見守っていると、学太は視線に気付き、不愉快そうに眉をひそめる。

「なんだよ、福太？」

「いや……反応が薄いな、と思ってよ」

「何が？」

「お前って苦手だっただろ。この手の話」

「はあ？　いったい僕を何歳だと思ってんだよ」学太は眉間《みけん》の皺《しわ》をさらに深め、「銀波坂で事故が多い理由なんて明白だろ。あそこは上り坂が途中で一部下り坂になってて、上りでアクセルを踏み込んだ車が下りでスピードを出し過ぎ、カーブを曲がりきれずに事故を起こすんだよ。袴田さんがそう説明してなかったっけ？」

微塵《みじん》も面白味のない返答に、福太は内心鼻白《はなじろ》む。――なんだよ、つまんねえの。こいつが下の弟――良太《りょうた》くらいの年齢のときは、夜中に坂に連れて行くって脅しただけで、泣いてしがみついてきたのに。

「第一、あれって桜の季節に出るっていう設定の幽霊だろ。桜なんてもうとっくに散ってるじゃないか。そのへんもたぶん、桜に気を取られて脇見運転する人が多い、っていうのが原因だと思うけど――とにかく、今はそんなことより袴田さんのほうを心配しなよ。今のはちょっと不謹慎だよ、福太」

「お、おう……すまん」

つい謝ってしまった。ふん、と学太は鼻を鳴らすと、また二宮金次郎の姿勢で本を読みながら歩きだした。福太はじゃれ合おうとした飼い犬に本気で嚙《か》まれたような気分で、しゅんと背中を丸めて後を追う。

チチ、と鳥のさえずりが聞こえた。サイレンが消えて一段と静寂が深まったように感じる山寺の石段を、弟と肩を並べて無言で上る。

「……今日だったよね、確か」

唐突に学太が呟き、福太はハッと弟の顔を盗み見た。

「――だな」

「バカだったよね。母さんが治りますようにって、四人で汗水垂らして階段上ってさあ。そんなことしても、一ミリも病気に効くはずなんてないのに。とんだ参り損だよ」

銀波寺には、誰にも見られずに百回階段を往復しながら参拝すると願いが叶《かな》う、という言い伝えもあった。いわゆる「お百度参り」というやつだ。以前、母親が病気で入院していたときに兄弟でそれをやったのだが、その日が今日だったことを思い出し、福太は立ち寄ったのだ。

だから学太と出会ったのは偶然ではないのだろう。ちなみに母親が亡くなって以来、学太はめっきり神仏や幽霊の存在を信じなくなった。こいつに可愛げが無くなったのもそのころだったかな、と福太は弟の横顔を見つめつつ考える。

「……ところでさ、学太」

「なに?」

「それ、何読んでんの? 教科書? 小説?」

「漫画」

漫画か。ちらりと横から覗《のぞ》き込むと、福太もよく知っている人気少年漫画のキャラクターが載っていて、少し安心する。一応こいつにも、人並みに娯楽を楽しむ精神はあるってことか。

「それ、コナンの新刊? 読み終わったら貸してくれよ」

「いいけど、福太にはちょっと退屈だと思うよ」本のカバーを外し、ちらっと表紙を見せる。

「これ、コナンで歴史を学ぶ学習漫画だから。図書室にあったから試しに読んでみたら、ちょうどいい感じに今度の中間テストの範囲がまとまっててさ。今、まとめて覚えてるところ」

福太の足が止まった。学太はカバーを戻すと、何食わぬ顔でまた階段を上りだす。

そのピンと伸びた背筋を眺めつつ、口から盛大な溜息《ためいき》が漏れた。

――やっぱ二宮金次郎だわ、こいつ。


学太と自宅のマンションに戻ると、扉の前に誰かがいた。ふわりとした茶髪に、膝丈のチェックのワンピース。足元はお洒落《しゃれ》なサンダルだが、曲げた腕にはこれからピクニックにでも行くかのように布のかかったバスケットを提げている。

千草《ちぐさ》さんだ。

近所の女子大に通う大学生。学太の通う塾でアルバイト講師もしている。

「学太くん……に、福太くん」

頬に人差し指をあてながら扉と睨《にら》み合っていた彼女は、福太たちに気付くとすぐに親しげな笑顔を向けた。その眠たげな二重の目に、福太の心臓がドキリと高鳴る。だが同時に、自分の名が弟のあとに呼ばれたこと、そして名前を思い出すまでに若干のタイムラグがあったことにも気付き、胸にほろ苦さが広がった。

「こんにちは。竹宮《たけみや》先生」

学太が一瞬怪訝《けげん》な顔をしつつも、礼儀正しく頭を下げる。

「うちに、何か用ですか？」

「――え？　ああ、うん。ちょっと待って」

千草は我に返ったようにバスケットをゴソゴソ漁《あさ》ると、中から細い文房具を摘《つ》まみ上げた。

「はい、これ。学太くんのでしょ。塾の教室に忘れてたよ」

シャープペンシルだった。ノックの部分が小さな地球儀になっている。学太はそれを眼鏡越しに注視すると、やがてああ、とやや拍子抜けした顔を見せた。

「はい、僕のです。これはどうも、わざわざありがとうございます」

「どういたしまして。変わったシャーペン持ってるなあって思ってたから、すぐに持ち主がわかっちゃった。それでその、ついでにってわけでもないんだけど——これ」

バスケットの布をチラリとめくる。ぷうんと食欲を誘ういい匂いがした。甘いバターの香りに、炒めたたまねぎや焼けた肉の混ざった匂い。

「……何ですか、これ？」

「シェパーズ・パイ」

「シェパーズ……？」

「覚えてないかな。ほら、去年の夏期講習のとき、英語の問題にこれが出てきたでしょう。そのときシェパーズ・パイがどんなものかよくわからない子がいて、私が上手《うま》く説明できないでいたら、学太くんが代わりに説明してくれて。そのとき学太くんが、お母さんがよく作ってくれた思い出の料理だって……」

学太の顔が曇った。

「ああ。そういえば、そんな話をしましたっけ」

「あのとき、なんだかジーンとしちゃって。それでつい、作ってきちゃった。ほら私、大学で管理栄養学を学んでいるから。味はもちろん、お兄さんには敵《かな》わないけどね。その代わり、栄養の計算はバッチリだから。プロの味より、お袋の味を目指しました――なんちゃって」

色白の頬をうっすら赤く染めながら、怒濤《どとう》の早口でまくしたてる。その必死に弁解する様子を、不覚にも可愛いと思ってしまった。不慣れな冗談をつい口にしてしまうほど、気持ちが舞い上がっているらしい。

マシンガンのような言葉の銃弾が止んだ。千草はふー、と目を閉じて深呼吸すると、桜色に火《ほ》照《て》った顔を手で扇《あお》ぎつつ、玄関のドアを見やる。

「ところで……お兄さん、留守かな？　さっきからチャイムを鳴らしてるんだけど、誰も出てこなくて。お店のほう、今日はお休みって聞いたんだけど」

「兄貴ですか？　兄貴ならたぶん、まだ中で寝て――」

福太が答えようとすると、学太にガンと脛《すね》を蹴られた。痛《つ》ッ、と顔をしかめた隙に、学太に横から発言を奪われる。

「元太は今日、遊びに行っています。帰宅は夜になると思います」

「あっ、そうなんだ……。デート？」

「さあ、そこまでは僕もよく……」

「そっか。そうだよね。家族でもプライバシーがあるし……。でも元太さん、今は彼女いないって言ってたから、地元の友達とかかなあ。元太さんの母校って、確か銀波高校だったよね。あそこって男子校って聞いたけど、本当？」

「はい」

目の前にそこの制服を着た男子がいますよ、と冗談めかして言おうかと思ったが、その後の惨めな気持ちを想像してやめた。学太はとめどない千草の台詞《せりふ》を遮るように前に出ると、バスケットを受け取り、中身をじっと上から覗き込む。

「これを、元太に渡せばいいんですね？」

「うん」彼女は素で頷《うなず》き、慌てて言い直した。「あー……。ええと、そうじゃなくて。学太くんに、ぜひ食べて欲しいっていうか。私にも妹がいるんだけど、あまり食に興味のない子で、感想が当てにならなくて。もちろんお兄さんにプロの意見を頂ければ、すごく助かるけど——あ、でも、もし口に合わなかったら、捨てちゃってもいいから」

「わかりました。元太に味の感想をもらったら、今度伝えます」

「ありがとう。それじゃあ」

もう限界、とばかりに千草はくるりと踵《きびす》を返す。「あ、容器はいつ返せば——」と学太が声を掛けたが、それも耳に入らない様子で一目散に階段を駆け下りていった。カンカンと、拍子木を打ち鳴らすような足音が福太の耳に軽やかに響く。

二階の手すりから見下ろすと、敷地の門に向かって駆けていく彼女の頭が見えた。まるで奇襲だな、と苦笑する。築四十年は超えるこの古マンションには、入り口にオートロックなんて洒落たものは存在しない。それで訪問しやすいと思われたのだろう。

しばらくして振り返ると、学太が興味深そうにこちらを見守っていた。

「……なんだよ？」

「いや、別に……ご愁傷様」

何やら含みのある笑みを見せながら、玄関の鍵穴に鍵を差し込む。「元太。いるんだろー」と呼びかけながら家に入る小賢しい弟のあとに続きつつ、福太は頰の筋肉を若干引き攣《つ》らせた。

——こういうところが最高にイラつくんだよな、コイツ。


洗濯物はほどよく乾いていた。帰宅後、だらだらと着替えなどを済ませてからベランダに向かった福太は、日向《ひなた》の匂いがする兄弟の衣類を取り込みつつ、爽やかに晴れ渡った五月の空を見やる。

マンションのベランダからは、新緑に萌《も》える銀波寺の墓地が見えた。

高台にあるこのマンションは、例の銀波坂を上った先、寺の裏手側に位置する。もし自分が死んだらあそこに墓を建てて欲しい、というのが母親のよく口にしたブラックジョークだった。そうすれば毎日、家族がきちんと生活しているか監視できるから、と。当人にしてみればいつもの悪ふざけに過ぎなかっただろうが、今となってはまったく笑えない冗談だ。別に言霊《ことだま》というものを信じるわけでもないが、あの軽はずみな発言をしてしまう性格だけは何とかしてほしかった。

洗濯物を抱えてリビングに戻ると、ソファの上で毛布の塊がもぞりと動いた。

福太は悪戯心《いたずらごころ》を起こし、その上に取り込んだばかりの衣服をバサリと放り投げる。服の山が崩れ、中から不機嫌そうな面《つら》の優男《やさおとこ》が身を起こした。

「おはよう。兄貴」

福太の兄——木暮家の長男、元太。

齢《よわい》二十四。銀波高校を出て調理師学校を卒業後、料理人を目指していくつかの店舗で修業し、今は地元で人気のカジュアルなフレンチレストラン――「ウール・ド・ボヌール」とかいう、舌を嚙みそうな名前――で、キッチンスタッフをしている。飲食業の現場は過酷なのか、休日はいつもこんな感じだ。

「……今、何時だ？」

眩《まぶ》しそうに目を細め、髪をかきあげる。一瞬垣間《かいま》見えた線の細い顔に、同性の福太でも若干ドキリとした。母親似なのだ。

「……四時過ぎ。寝すぎだろ、兄貴」

「もうそんな時間か。参ったな、偵察に行く予定が……」

「偵察？」

「長谷川《はせがわ》さんから聞いたんだよ。隣町にランチの美味しいフレンチの店ができたって。それで味を見てくるつもりだったんだが」

休みでも研究に余念がない。ちなみに長谷川というのは、ぎんなみ商店街で楽器店を営むシングルマザーだ。元太はそのルックスゆえか、商店街にやたらと女性の知り合いが多い（母親が築いた人脈を受け継いだというのもあるが）。

元太が伸びをし、立ち上がった。起き抜けで髪もボサボサだが、動作の一つ一つが絵になる。それを見て、「元太」という名前がつくづく似合わない男だと思った。こいつにはそんなゴツい名前ではなくて、もっとこう――「翔《しょう》」とか「瑛士《えいじ》」とか、小洒落《こじゃれ》たセンスの名前がお似合いだったのではないか。

福太たち兄弟の名前は、母親がつけた。

母親の怜《れい》は、絵本や童話好きが高じて絵本作家になってしまったという経歴の持ち主だ。子供たちの名前も当然のごとくその趣味に準じていて、元ネタは昔アニメにもなった「ガンバの冒険」――正式名称は「冒険者たち　ガンバと15ひきの仲間」――という児童書に出てくる、ネズミのキャラクターたちだ。主人公のガンバ、その親友のマンプク、知恵袋のガクシャ、強くて情に厚いヨイショ。それらの名前の一部を取って、木暮家の四兄弟は上から順に「元太」「福太」「学太」「良太」という命名になっている。

元太は当初、頑張るの「頑」で「頑太《ガンタ》」、もしくは「岩」で「岩太」が有力候補だったらしい。だがそれではさすがに名前が主張しすぎると常識人の父親が反対し、「頑」の一部を取って「元」とし、読み方もそれに合わせて「ゲン」に変えたそうだ。

岩太にしときゃあ面白かったのに、と福太は僻《ひが》み心で残念に思う。

「あ、起きた？　じゃあ、元太も食う？　シェパーズ・パイ」

鍋つかみを外しつつ、学太がカウンターキッチンから声を掛けた。リビング兼ダイニングにある食卓に、湯気の立つパイ皿が置かれている。さきほどの千草の置き土産《みやげ》をレンジで温め直したらしい。

元太が欠伸《あくび》を嚙み殺しつつ、パイ皿を覗き込む。

「どうした、これ？」

「竹宮先生から。元太に味見して欲しいってさ。先生、可哀《かわい》そうに。元太に会いたくてわざわざこんなものまで作ってきたのに、結局会えずじまいで」

「ああ……彼女が来てたのか。悪い。寝ていて気付かなかった」

嘘《うそ》だな。――福太は複雑な思いで聞き流す。元太の口から直接聞いたわけではないが、どうも最近、千草は元太の店に連日通い詰めるなど攻勢が激しいらしい。客なので無下に扱うこともできず、余計な揉《も》め事を恐れてプライベートで会うのを避けた――というのがおそらく本音だろう。

食卓に並んだ取り皿を見て、元太が首を傾《かし》げた。

「三つ？　良太の分は？」

「あいつ、まだ帰ってないよ」

「帰ってない？　もう四時過ぎなのに？」

「どうせまた、寄り道して友達とサッカーでもしてんだろ。今日もあいつ、サッカーボールを持って行ったから。大丈夫、良太の分は別に取り分けておくよ。夕食のおかずと一緒に食べさせよう」

誰からともなく席に着く。母親が家族全員で食事することにこだわっていたせいか、兄弟で揃《そろ》って食べる習慣が身についていた。もっともこの程度の量、福太たちにはとても食事にはならず、せいぜいおやつ代わりといったところだが。

いただきます、と三人で手を合わせる。シェパーズ・パイはその名と違い、パイ生地を使ったものではない。挽《ひ》き肉のマッシュポテトがけ、とでも呼ぶのが正解だろうか。フォークで掬《すく》うとぷうんと炒め玉ねぎとトマトソースの良い匂いが漂い、口の中に自然と涎《よだれ》が溢れる。

だが一口食べた途端、期待外れの味が舌に広がった。

「うえ。僕、この味駄目だ」

学太が顔をしかめた。しばらく取り皿の食べ残しを恨みがましく見つめたあと、おもむろに椅子を降り、その皿を持って流しに向かう。

福太は慌てて呼び止めた。

「待てよ、学太。何する気だ」

「何って……廃棄処分。口に合わなかったら捨てていいって、先生も言ってたし」

「バカ。だからって、本気で捨てるやつがあるか」

「じゃあ、福太が残り食べる？　なら喜んで譲るけど」

すると黙って料理を咀嚼《そしゃく》していた元太が、フォークを置いてボソリと言った。

「……羊肉の臭みだな、これ」

「羊肉？」学太が片眉を上げる。「なんで先生、わざわざそんな変わった肉を……。普通に牛挽き肉を使えばいいのに」

「本場のレシピを参考にしたんだろうな。シェパーズ・パイっていうのは、もともと『羊飼いのパイ』って意味のイギリス料理だから。ローストしたラム肉の残りを使うのが本物のシェパーズ・パイで、それ以外はコテージ・パイだって説もある。もっとも前の店で働いていたイギリス人は、本国では誰もそんなことは気にしてないって笑ってたが……」

元太はパイ皿を眺めると、何かを思い出したようにフッと微笑《ほほえ》む。

「努力、してんだな」

立ち上がり、キッチンに向かう。冷蔵庫からバジルやらローズマリーやらの生のハーブを取り出し、それを細かく刻みはじめた。オリーブオイルや塩胡椒《こしょう》、各種スパイスなどを振り、軽く和《あ》える。

「その皿、貸してみろ。学太」

学太の取り皿を奪うと、パイの表面のマッシュポテトを一度取り除き、中の具材と即席ミックスハーブを混ぜ合わせて、また元に戻した。

「これでどうだ?」

目の前に戻された皿を、学太は疑わしげな眼差しで見つめる。少し匂いを嗅《か》ぎ、それからフォークで小さく削り取って、おそるおそる口に運んだ。数回の咀嚼のあと、すぐに目を輝かせて親指を立てる。

「うん。これなら食えるよ。さすがは元太」

だろう? と元太はさらりと応じる。早速残りの分にも同様の処置を施した。福太も一口食べ、まるで様変わりしたその味に驚嘆する。ハーブの力で羊肉独特の臭みが消え、挽き肉やチーズの濃厚な旨味がずしんと舌に響くわりに、後味が爽やかだ。

——そういうとこだぜ、兄貴。

尊敬と妬《ねた》みの入り混じった視線を長男に向けた。作った相手の気持ちを無駄にせず、出来損ないの料理にさりげなく一手間加えて絶品に仕立て上げる——単に見た目の良さだけでなく、そういう気遣いができるからこそ、この兄貴は周囲に慕われるのだろう。外見のみならず、意外に世話好きな性格も母親譲りだ。

まったく、何が天は二物を与えず、だ。

本当にずりいよなあ。——福太は自嘲気味に笑うと、兄の手によって生まれ変わった料理の皿を取り、半ば自暴自棄にかきこんだ。

「銀波坂で、事故?」

食後のコーヒーを飲みながら、元太が驚いた顔をする。

「うん、たぶん」学太が張り合うようにミルク少なめのカフェオレを飲み、少し顔をしかめて砂糖を足した。「まあ僕たちも、直接現場を見たわけじゃないけど」

『袴田商店』、無事なのか?」

「わからない。こっちに誰かから連絡なかった?」

「いや……俺は寝てたしな。家の留守電は?」

「何もなし。さっきお店に電話してみたけど、話し中だった。何事もなければいいけど……」

福太は一人、流し場に立ってパイ皿を洗いながら、カウンター越しに二人の会話を聞き流す。

ジャンケンに負けたのだった。木暮家では、食後の洗い物担当は通常ジャンケンで決まる。中間テスト前なので恩赦を求めても良かったのだが、すぐに勉強する気も起きないので甘んじて引き受けた。それにどのみち、もうすぐ夕飯の時間だ。今から教科書を開いても、気分が乗り出したところにまた中断されてしまう。

「銀波坂の桜幽霊、か……」

元太が呟き、リビングの壁に飾られた絵に目を向ける。満開の桜並木が、柔らかな水彩のタッチで描かれていた。生前の母親が描いた銀波坂のスケッチだった。そういえばまだ福太が幼いころ、幽霊話を怖がる息子たちを安心させるため、母親が明るく作り替えた話を語ってくれたのだが——もう昔過ぎて、どんな話だか忘れてしまった。

ついで元太が絵の横の壁時計に目をやり、ふと眉を曇らせた。

「それにしても、良太の帰りが遅いな」

「そう？」カフェオレをすすりつつ、学太が気のない返事をする。「あいつは最近、いつもこんな感じだけど」

「そうなのか？　あまり寄り道しないように言っておかないとな。――それと、銀波坂を使わないように念押しも」

「銀波坂を？　使ってないだろ。あそこは小学校の通学路から外れてるんだし」

「そうなんだが……あの絵のせいだろうな。春になると良太、たまにあそこを歩いているらしいんだよ。『あの坂歩いてると、母ちゃんの幽霊に会える気がする』って」

「なんだそりゃ。相変わらずバカだな、あいつは――福太、知ってた？」

「いや……」

初耳だった。普段そんな素振りは全く見せない末の弟だが、やはり内心では母親を恋しく思っているのだろう。

福太の視線が、リビングの壁の棚に向く。そこには母親の遺品が並べられていた。自作の絵本や絵画、趣味の手作りアクセサリー、愛読していた児童書や愛用の黄緑色のストールなどの中に、DVDが占める一角がある。絵本作家の母親らしく、大半が子供向けの作品で、良太はよく一人でそれを観《み》ていた。ガンバの冒険などの日本アニメ。トイ・ストーリーやファインディング・ニモなどのピクサー作品。きかんしゃトーマス。中には福太もよく知らない、サッカーをする羊が出てくる人形劇や子供向けと呼ぶにはやや内容が過激なウサギの無声アニメなどの作品もある。

それらを鑑賞することで、亡き母親と一緒にテレビを見ている気分に浸っているのだろう。記憶にない母親の面影を求めて坂道を往復する弟の姿をつい想像し、何とも遣《や》る瀬ない気分になる。

だが、良太が銀波坂をたまに使っていたってことは――。

そのとき、ふと鼓膜が救急車のサイレンの音を捉えた。

一瞬ビクリとする。他の兄弟たちも静まり返るが、やがておもむろに元太がテレビのリモコンを手に取り、チャンネルを変えた。点《つ》けっぱなしのテレビから漏れた音だった。ふう、と無意識に福太の肩が下がる。

「……まさか、ね」

学太がカフェオレのカップを置き、ぼそりと言った。

直後に、まるで狙いすましたように電話の呼び出し音が鳴った。福太の心臓が再びビクンと飛び跳ねる。家の固定電話だ。――が、誰もすぐに出ようとはしない。営業電話が多いので、登録された番号か、留守電に相手が名乗りを上げるまで受話器は取らないことにしているのだ。

今回は登録されていない番号からだった。無言で耳を澄ましていると、やがて留守番電話の応答メッセージが流れ、発信音のあとに低い男性の声が続く。

「えー……突然のお電話失礼します。銀波警察署のものです。ご家族の件で、ご連絡を差し上げました。もしご帰宅されましたら、折り返しお電話を――」

警察？

福太たちは顔を見合わせる。考える前に体が動いた。受話器に一番近い位置にいた福太が真っ先に駆け寄り、慌て気味に電話を取る。

「すみません、遅くなりました。木暮です」

「ああ、木暮さん。良かった、ご在宅で。ええと――ご主人ですか？」

「いいえ。次男です」

「そうでしたか。ご両親は？」

「母親は亡くなったのでいません。父親も海外赴任中で、家には子供たちだけです」

「ああ、そうだったんですか。これは失礼。なら、ご兄弟の誰かが保護者ってことになるのかな。ええと、ご次男の――」

「福太です」

「福太さん。実はですね。今日の午後、ご近所の銀波坂で交通事故が発生しまして。そこでお宅の良太くんが――」

「え？」

息が止まった。すうっと血の気が引く。

だがすぐに、「あっ、こら――」と電話口の向こうが何やら騒がしくなり、唐突に聞き馴染《なじ》みのある声が耳に飛び込んだ。

「福太兄《にい》ちゃあん」

末の弟の、泣き声だった。

2

「良太が、事故の現場に居合わせた?」学太が湯呑《ゆの》みを福太に手渡しつつ、訊《たず》ねる。「つまり、目撃者ってこと?」

「ああ」

警察署で良太を引き取り、帰宅後のこと。泣き疲れた良太をベッドに寝かしつけ、福太は一人留守番していた学太に経緯を説明していた。元太はリビングのソファでタブレットPCを使い、台湾にいる父親に無料通話アプリで今回の件を報告している。

「でも、事故が起きたのって午後三時ごろなんだろ。ちょうど僕たちがサイレンを聞いたころ。だったら警察も、もっと早く連絡くれてもいいのに」

「それがあいつ、どうも警察から逃げ回ってたみたいなんだよな」

「逃げ回ってた? なんで?」

「さあ。警察の人は、急に警官に声をかけられて驚いたんでしょう、とは言っていたが……」

警察の話では、良太は事故の唯一の目撃者だということだった。

事故が起きたのは例の銀波坂の、事故が多発する魔のカーブ付近。不動産会社の営業車が顧客訪問に向かう途中、スピード超過でハンドル操作を誤り、曲がり角にある「袴田商店」に突っ込んだという。

店主の一報を受けて最寄りの交番の警官が駆けつけたとき、良太は向かい側の歩道で呆《ほう》けたように立ち尽くしていたらしい。だが警官の一人が声を掛けるや否や逃げ出して、そのせいで保護するまで時間がかかったようだ。

「それで、袴田のおじさんたちは？　無事なの？」

「ああ。おじさんたちは何ともないって。ただ運転手と、店がな。運転手は即死。車は店内までは入ってこなかったけど、正面のガラス部分は全壊で、シャッターの支柱も歪《ゆが》んだって」

「そりゃひどいな。おじさんも可哀そうに。何年か前に耐震工事したばかりで、そのローンの返済も大変だって言ってたのに……」

「袴田商店」の経営者夫婦——袴田久光《ひさみつ》とその妻・加代子《かよこ》とは、福太たちの母親が生前のころからの付き合いだ。

まだ両親が若かりしころ、新婚の二人は掘り出し物のこの中古マンションを見つけ、何とかローンを組んで購入したらしい。お値打ちとは言っても当時の収入では厳しいローンだったため、生活が苦しかった母親は、お米屋さんと八百屋さんと仲良くしておけばいざというときツケが利く、という先輩絵本作家のアドバイスを真に受け、地元の商店街に顔馴染みの店をたくさん作ったそうだ。

「袴田商店」もその一つ。酒や米などを扱う店で、もともとは銀波寺に味噌《みそ》や醤油を卸す商売をしていたらしい。明治時代から続く老舗《しにせ》だが、袴田夫婦には子供がいなかったこともあり、福太たち一家とは親戚同然に付き合ってくれた。母親の死後は加代子が末の弟の面倒を何かと見てくれて、そのため良太は今でも彼女を実の祖母のように慕っている。

「でも、そんな衝撃で車が突っ込んだのに、店内は無事だったんだ。それは不幸中の幸いだったね」

「いや。事故の衝撃自体は大したことなかったってよ」

「え？　でも、運転手が即死するほどの事故だったんでしょ？」

「そうだけど、直接の死因は串だって」

「く……え？　何？」

「串。焼き鳥の竹串。食べながら運転してたんだってよ、その人。で、車がぶつかったとき、その衝撃でエアバッグが膨らんで。それがハンマーみたいに串を叩いて、喉に──」

うえ、と学太が喉を押さえた。

「それは……ずいぶん運が悪いね、その人も」

福太もやや同情する。不謹慎だが、「不運すぎる死に方」というランキングでも作れば確実に上位にくる死に方だ。今後車の免許をとっても、絶対に運転中は串物を食わねえぞ、と心に固く誓う。

「ただ……良太、警察に変なこと言ったみたいなんだよな」

「変なこと？」

「事故のあと、助手席から誰かが出てくるのを見たって。といっても良太が立っていたのは店の反対側の歩道だから、その位置からだと車体が邪魔で、助手席側は見えねえんだけど。だから正確には、車の屋根越しに黒い頭のようなものが見えた、ってことらしい」

「助手席から、人が？」

学太が首を傾げる。

「同乗者がいたってこと？」

「わかんね。そのあと良太はびっくりして持ってたサッカーボールを取り落として、それを拾いに行った隙に人影は消えていたんだってさ。

ただ車内には、ビールの匂いが残ってたらしい。だから警察は、飲酒運転で捕まるのを恐れた同乗者が、現場から逃げたんじゃないかって。それで今、一応調査中」

「ふうん」

学太が爺《じじ》むさく背中を丸め、茶をすすった。眼鏡を湯気で曇らせて少し黙ったあと、不意にニヤリと笑う。

「ねえ、福太──」

「なんだよ？」

「まさか良太、桜幽霊でも見たのかな？」

「時期が違うんだろ」

素っ気なく言い返す。学太はケラケラと笑った。

「そうだった。あやうくその設定を忘れるとこだったよ。──まあ、良太が下らない嘘をつくはずもないし、あいつが見たって言うなら本当にいたんじゃないの、同乗者。まあそこから先は警察の仕事だ。僕たちにはどうでもいいや」

学太はあっけらかんと言うと、ふと思い出したように壁の時計を見て、ちらりと福太の表情を窺《うかが》った。

「ところで福太、試験勉強は？」

「するよ。これから」

――良太の様子がおかしい。

学太がそう告げてきたのは、事故の翌日のことだった。

夕食後、試験勉強のやる気が起きず、リビングのソファに寝ころんでだらだらとスマホをいじっていると、洗い物を終えた学太が「福太、ちょっといい？」と声をかけてきた。てっきり勉強しないなら家事を手伝えとか、そんな小言めいたことを言われるかと思ったが、さにあらず、上の弟が切り出したのは思いのほか真面目《まじめ》な相談事だった。

「昨日から変なんだよ、良太」

学太はまだ料理の残る食卓を心配そうに見やりつつ、言った。

「僕とあんまり目を合わせないし、話し声もすごく小《ち》っちゃいしさ。それに、ほら――夕飯もこんなに残してるだろ」

今晩のメインは、元太が出勤前に仕込んでいった羊肉の串焼きだった。アロスなんとかという舌を嚙みそうな名前のイタリア料理で、福太が部活仲間とたまに行くファミレスにも同名のメニューがある。どうやら千草の「シェパーズ・パイ」が元太の創作意欲に火をつけたらしく、元太はあれから冷凍庫の奥底に眠っていたラム肉を引っ張り出して、夕食用のおかずに仕立て上げてくれていたのだった。スパイスが効いていて美味だったが、確かに良太の皿を見ると、まだ串に肉が半分ほど残っている。

「羊肉が口に合わなかったんじゃないのか？」

「あいつはそんな上品な口をしてないよ。前に元太が作ったジビエ料理も、最後まで鹿肉って気付かずにペロリと平らげたじゃん。あいつは舌がバカなんだよ」

「そのほうが俺は助かるけどな。お前みたいに、俺の料理に文句を言わないから」

「福太の料理の問題は、味より栄養だろ。なんでもプチトマトとキュウリを添えときゃいいってもんじゃないんだよ——それはともかく、何か変だよ、良太。今日は給食のパンまで残して持ち帰ってきたしさ。それに昨晩は、なんだかうなされてたみたいで……」

「良太が……うなされてた？」

「うん」

学太と良太は二段ベッドの上下で寝ている。父親が海外赴任中のため、３ＬＤＫのマンションの三つの部屋は兄弟で分け合って使用していた。元は両親の寝室だった部屋は元太、一番小さな四畳半が福太、残った六畳間を学太と良太で共用するという形だ。

「あいつが悪夢を見るなんて、想像つかねえけどな」

「それは僕も同感。だからさ、これは勘なんだけど……良太、あの事故のことで、何か僕たちに隠しごとをしてないかな？」

「良太が隠しごと？　まさか」

福太は反射的に否定する。良太は思ったことが正直に顔に出るタイプで、まだ小学生という点を差し引いても嘘をつくのが苦手だ。また兄の自分に似て口下手《くちべた》だし、学太のように頭の回転が速いわけでもない。

それにあいつには、母親の——。

「まさかってこともないだろ。良太ももう小学二年生なんだし」

「だってよ……良太の『良』は、良心の『良』だろ？」

「そうだけど」学太が一瞬、恋しげな目をする。「別に名前で性格が決まるわけでもないしね。良太があの母さんの『誕生カード』を心の拠《よ》り所にしてるのは事実だけど、あいつもいつまでも子供じゃない。嘘をつくことだって覚えるよ」

母親の怜は、子供を産むたびに我が子宛てのカードを作った。

それが「誕生カード」だ。結婚式の案内状のような三つ折りのカードで、絵本作家らしく凝ったデザインをしている。

だが何より個性的なのはその文面だろう。それはまず「ようこそ世界へ」という壮大な挨拶から始まり、続いて妊娠生活の大変さ、出産の辛《つら》さ、自分が健康な子供を産むためにいかに体調管理に気を配ったかなどといった苦労語りが、恩着せがましくずらずらと並べ立てられる。

その後に続くのは、誕生したばかりの我が子への祝辞としてはまずふさわしくない、世知辛い世の中に対する怨《うら》み辛《つら》みだ。メッセージはそれからそんな世界に産み落としてしまったことへの謝罪文となり、それでも生まれて来てくれたことへの感謝、自分なりに頑張って守り育てるという決意表明、そんな世の中でも結構面白おかしく暮らせるものよという一応のフォローのような励ましのような文面を経て――そして最後に我が子に与えた名前の由来と、選んだ漢字に込めた意味を説明して終わる。

――良太の良は、良心の良。ずるいことはしない。困っている人を見たら助けてあげる。自分の心に恥じない生き方をする――。

そんなメッセージだったと、記憶している。

そんな母親は良太が一歳のときに亡くなったので、良太は四兄弟の中で唯一、母親の記憶がない。だから良太にとってはそのカードが母親も同然で、そこに書かれた言葉を誰よりも大事に受け止めていたはずだ。

「良太があの事故で、嘘の目撃証言をしてるってことか？」

「わからない。でもあの好奇心旺盛な良太が、その消えた人影を探そうともせずそのままスルーしてるなんて、少し不自然だ」

「本当はその人が誰か知ってて、庇《かば》っているってことか？」

「かもしれない」

学太は表情を曇らせる。

「わからない。もっと違う理由かも。とにかく、良太の調子が変な理由が、あの事故にあることは間違いないよ。だからもう一度、あの事故のことをちゃんと振り返ってみようと思って。福太も付き合ってくれないか？　どうせ今は腹いっぱいで、勉強する気になんてならないだろ」

さすが実弟、よくわかっていらっしゃる。福太は二つ返事でオーケーする。早速食卓へ移動して良太の食べ残しを脇へ退《の》けると、二人肩を並べて事件の再検証を開始した。

——といっても、特に目新しい情報があるわけでもない。事件の概要は昨日学太に説明した通りだ。

昨日の午後三時ごろ、不動産会社の営業車が、銀波坂の上りの急な右カーブでハンドル操作を誤り、曲がり角にある「袴田商店」に衝突した。衝突の衝撃自体は大したことはなかったが、膨らんだエアバッグが運転手の食べていた焼き鳥の串に当たり、それが喉に刺さって運転手は死亡。店に客はいなかったため、それ以外の死傷者はなし。店舗も正面のガラス部分が壊れただけで、車はシャッターの支柱で止まって店の中は無事だった。

またそのとき、下校中の良太がその現場に居合わせ、事故後に助手席から誰かが出てくるのを目撃したという。ただ良太は驚いてサッカーボールを取り落としてしまい、それを拾って戻ってきたときには、もう人影はどこかに消えていたそうだ(図「良太の目撃状況」参照)。

なお警察が駆け付けたときには、車内にビールの匂いが漂っていたという。ただしこれについては、車内にはノンアルコールビールの空き缶しか残っていなかったらしく、飲酒運転かどうかは死亡した運転手の血中アルコール濃度を調べてみないとわからないとのことだった。

福太の説明を用意したノートにメモしつつ、うーん、と学太は悩ましげに首を捻《ひね》る。

「事故の目撃者は、本当に良太だけだったの?」

「ああ、そうらしい。もともと人通りの少ない坂だったからな」

「その事故車は、どうしてその道を?」

「顧客のところへ向かう途中だったらしい。あと事故の時間は、その営業の人が持っていたスマホから確認できたって。会社が管理用のアプリを導入してて、そのGPSの記録だと、二時五十九分から三時までの間に事故現場で動きが止まったらしい」

会社にそこまで管理されるのは嫌だな、と学太はボヤきながらメモを見る。

「袴田のおじさんたちは、事故のときはどこに?」

「おじさんは一階の奥の部屋で、帳簿の整理中。おばさんは配達中で不在だったってよ。ちなみにおじさんは事故の音を聞いて店内に戻ったんだけど、衝突の衝撃で店の自動ドアが壊れて、外に出られなかったって。で、ドアのガラス越しに見た限り、助手席には誰もいなかったってさ」

「ふうん。なら人影は、その間に逃げたってことかな」学太が眼鏡に手をやる。「ちょっと時系列を整理してみようか。まず最初に、良太が事故の瞬間を目撃し、その後助手席から誰かが出てくるのを見た。そして良太が驚いて落としたボールを拾ってまた戻ってくるか、袴田のおじさんが店に戻ってくるまでの間に、その謎の人物は現場から逃げ去った……」

「うーん……そのへんも少し曖昧《あいまい》なんだよな」

「そのへんって？」

「良太が事故の瞬間を目撃した、ってあたり」福太は腕を組む。「本人も記憶が混乱してるみたいでさ。良太自身は気が付いたら事故が起きてたって言ってて、はっきりとぶつかるところを見たとは言ってないんだよ」

「ふうん……？」

学太がボールペンの尻を下唇に押し当てる。

「事故の瞬間から、良太が事故に気付くまでの間に微妙なタイムラグがあるってこと？　どういうことだろうな。まあ単に、驚いたショックで記憶

良太の目撃状況

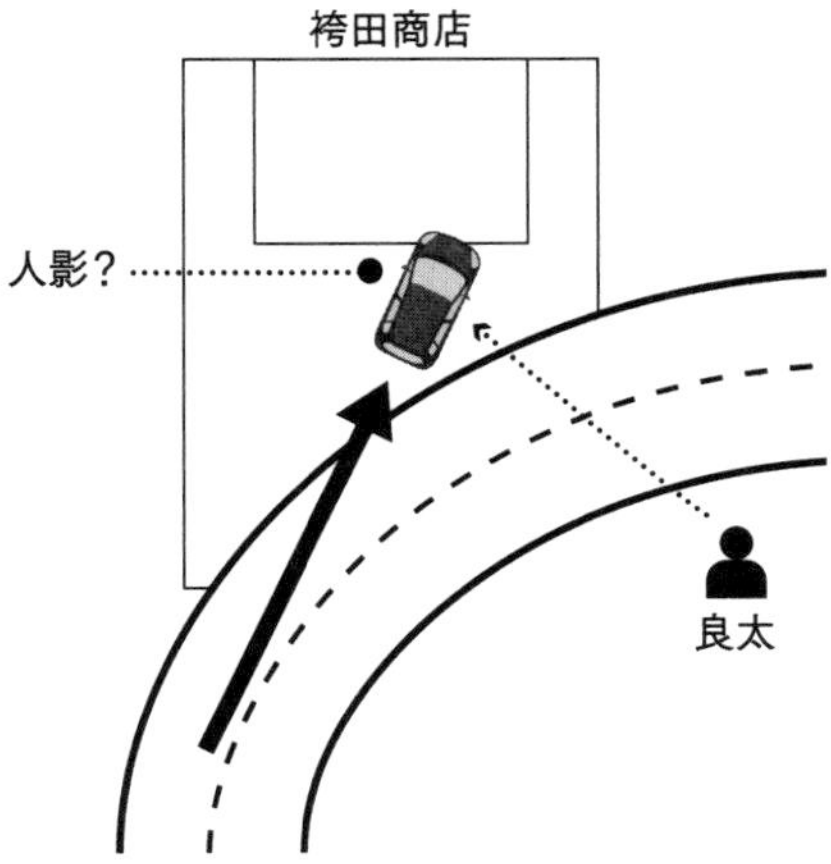

が飛んでるだけかもしれないけど」

福太は末の弟が引き籠《こも》った部屋のほうを見やり、やや小声で言った。

「やっぱりあいつ、その逃げた人を庇っているのか？」

「どうだろうね。僕も一瞬そう思ったけど、そもそもその人を庇うつもりなら、最初から『何も見なかった』って言えば済む話だし。それに見たのは車体の屋根越しで、しかも車道の反対側からだったんだろう？　なら、細かい人相まではわからないと思うけどな」

それもそうだな、と同意する。現場にいたのは良太だけなのだから、隠したいならわざわざ自分から言いだす必要はない。逆に正直に口走ってしまったというなら、その正体だけ曖昧に隠す言い方をするというのもおかしな話だ。ここは素直に、良太は見たままを口にした、と考えるべきだろう。

「そういえば」

と、学太が食卓に置いてあった良太の食べ残しの皿を見やり、訊ねた。

「なんで警察は、その串が『焼き鳥の串』だってわかったの？　串なんて、ほかにもいろいろあるじゃん。団子の串とか、フランクフルトの串とか」

細かいことを気にするやつだな。――福太は眉根を寄せつつ、同じくラップのかかった串焼きの皿を眺めて考える。

「さあ。車内に焼き鳥のパックでもあったんじゃ――ああ。そういやあの警官、串に鶏肉が残ってたって言ってたな」

「――なんだって？」

「だから、残ってたんだって。喉に刺さってた串に、タレ付きの鶏モモ肉がほんの一切ればかし。説明してくれたのが交通課の人でさ。あれ、俺たちに事故の怖さを教えようとしたんだろうな。運転手の死んだ様子を絵にかいてすっげえリアルに――」

「ちょっと待って、福太」

学太の声が割り込む。

「今、串にモモタレが一切れ残ってた、って言った？」

蛍光灯の光に眼鏡をきらめかせ、こちらを向く。

「二切れ、じゃなくて？」

鋭い語調に、福太はついタジタジとなった。

「あ、ああ――最後の一切れを食い逃《のが》して、仏さんはさぞ無念だっただろうなって警官のおっさん言ってたし。そういやお前、焼き鳥は塩派だっけ？　俺はタレ派だったけど、その話を聞いてからなんかダメになりそうで――」

「それはどうでもいいよ」

学太が興奮気味に話を遮る。

「問題は味じゃなくて、肉のほう。だって焼き鳥って、普通串に刺さっているのは四切れか五切れくらいだろ。それが一つしか残ってないってことは、そのとき運転手は下から二番目まで食べ終わってたってことだよ。つまり――こういう状態」

学太は皿に手を伸ばすと、ラップを外して食べ残しの串焼きを手に取る。ラップと手を使って串から肉を外し、根元に一切れだけ残して、その串を福太に見せた。

「これを食べようとしたら、福太ならどうする？」

「どうってそりゃあ、横からかぶりついて――」

言いかけて、福太はハッと言葉を止めた。学太が頷く。

「そう。その食べ方じゃ、串の先端は喉に向かない。串を側面から咥えて、真横に引き抜く形になるはずなんだ。でも実際は、串はまっすぐ運転手の喉に向かって刺さっている。これはいったいどういうことだろう？」

福太は学太から肉の串を受けとり、しげしげと眺めた。確かに……その通りだ。一つ目か二つ目ならともかく、根元のほうにある肉を普通は先端から食べない。

学太が立ち上がった。腕を組み、うーんと蚊の羽音のような唸《うな》り声を立てつつリビングをうろつき回る。

やがて夜のガラス窓に映る自分の横顔を見て、ふと足を止めた。

「そうか……。向きか」

「向き？」

「顔の向き。串を食べているときの顔の向きが、違ったんだ」

学太は戻ってくると、福太の手から再び串を取り上げ、席に着く。左手で串を持ち、右手で見えないハンドルを握る真似《まね》をした。そして串の横側から肉を咥え、右を向く。

「見てくれよ、福太。この形で串を引き抜こうとすれば、ちょうど串の向きは車の進行方向と同じになる。それで衝突の直前、運転手が顔だけ前に向ければ――」

串を持つ左手をそのままに、顔だけ正面に戻す。尖った鉄串の先端が、ちょうど口の真ん前に来ていた（図「串と顔の向き」参照）。

「……たぶん、こういうことだ。運転手は焼き鳥を食べている最中、何かに気を取られて横を向いたんだ。それでカーブを曲がり損ね、あっと思って前を向いたときには、もう車が激突していた。それが衝突の直前、ほんのコンマ数秒の間に起こったことだったんだ」

福太は眉間に皺を寄せて思案する。

「つまり……事故の直前、運転手が脇見運転をしていたってことか？」

「おそらく。左右どっちを向いていたかまではわからないけどね。今の僕の説明で、串とハンドルを握る手を逆にすれば、運転手は左側――助手席側を向いていたことになる。これは車が右ハンドルの場合だけど。でも車道の反対側から助手席側が見えなかったって言ってたから、右ハンドルでいいよね」

最後の説明は少し考える間を要した。ええと、日本じゃ車は左側通行だから、反対側の車道を走ってるってことは、車は常に右側をこっちに向けているってことで――つまりこちらから見えない側が、車の左側。うん、良し。

「でもよ……あんのかよ、そんなこと。てっきり俺は、つまようじ代わりに串を咥えてたんだと思ってたけど」

「一切れだけとはいえ、串に肉は残ってたんだよね。つまようじ代わり

串と顔の向き（左手持ちの場合）

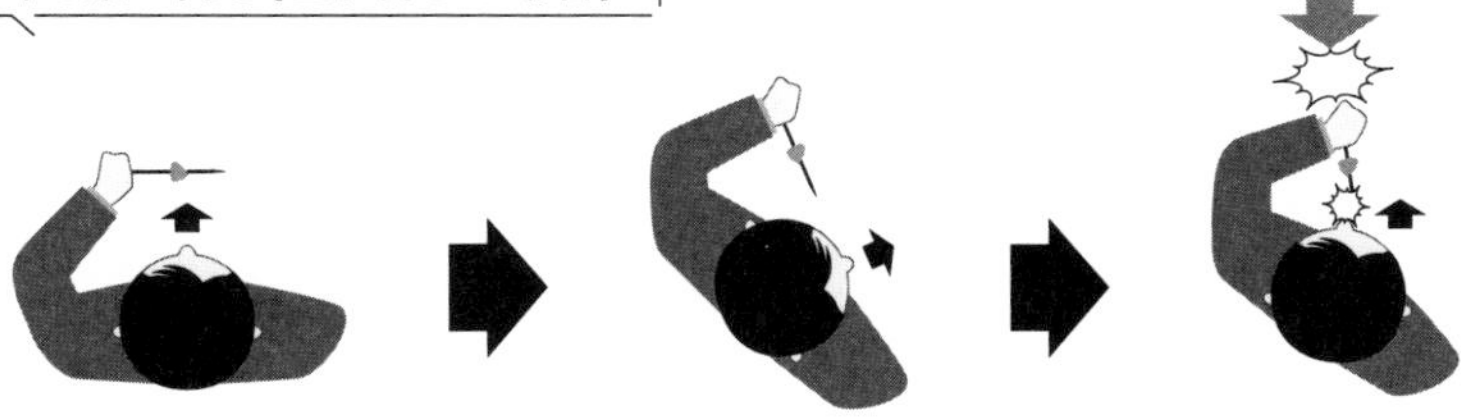

にするなら、食べ終えたあとの話だろ」

学太が串を皿に戻した。胸の前で両手の指を組み、椅子の背もたれに寄りかかって天井を見上げる。

「まあもちろん、これも一つの仮説にすぎないけどね。でももしこの仮説が正しいなら……問題は、そのとき運転手が何を見ていたか、ってことだけど。

もし運転手が左側を向いていたなら、助手席側。やっぱり助手席に誰か座っていて、事故の直前に何か運転手の注意を引くようなことをしたのかな。

そうじゃなくて右側を向いていたなら、運転席の窓側——良太のいた反対車線のほう。あそこの上り坂で、運転席の窓から見えるものといえば……」

学太の言葉が止まった。顔が壁を向いている。視線の先に、素朴な額縁で飾られた風景画があった。母親が描いた、春の銀波坂の水彩スケッチ。

「……歩道の、桜並木だ」

福太は最初その発言を何気なく聞き流し、少し遅れてゾッとした。

「まさか……桜幽霊、か……？」

「バカな。ありえないよ、そんな……」

学太が青い顔で首を振る。しかしその声の調子は、以前ほど強くはなかった。

まさかな。下らない戯言《ざれごと》だとは思いつつ、吸い込まれるように絵を見つめる。満開の桜を描いた母親の絵は優しい色合いに溢れ、その場所が忌まわしい噂の立つ地であることなど微塵も感じさせない。

――いったい運転手は、事故の直前に何を見たんだ？

3

翌日、週末の土曜になると、福太は学太と二人で「袴田商店」に向かった。学太が事故の謎を考えるにあたり、現場検証もしてみたいと言ったからだ。

福太も良太の様子や消えた人影のことが気掛かりで、テスト勉強が手につかなかったので――というのは半分現実逃避の言い訳だが――その提案に賛成し、袴田夫妻の見舞いも兼ねて、同行することに決めたのだった。

「あらあー。お兄ちゃんたち。どうしたの、休日のこんな早くに」

午前中、良太を地元のサッカークラブの練習に送った足で「袴田商店」に寄ると、ちょうど小柄な老婦人がゴミ袋を抱えて店から出てくるところだった。店主の妻、加代子。夫婦はともに七十歳近くで、彼女の髪には白いものも目立つ。

「おはよう、おばさん。おじさんの調子はどう？」

「まだ駄目だねえ」福太の挨拶に、加代子はケラケラと笑う。「今日も奥で寝てるよ。あの人も歳かねえ。今回のことで、すっかり気持ちがまいっちゃって」

袴田夫妻の状況については、すでに元太が代表して電話で確認していた。奥さんのほうは無事だったが、旦那の久光のほうが寝込んでしまっているという。もっとも事故の直接的な影響は割れたガラスで指先を切った程度で、寝込んだ理由は主に精神的なショックによるものらしかった。

事故現場となった店の前を確認すると、事故車はすでに撤去されていた。その代わり黄色いテープがそこかしこに張られ、全壊した正面ガラス部分の手前の駐車場には、いまだ大小のガラス片が散乱している。

「お店、やっぱりまだ再開してないんですか？」

学太が「準備中」の札が掛かった入り口を見やりつつ、心配そうに訊ねる。開店時間の十一時に合わせて訪問したつもりだが、まだ店は開いていない。

「ううん」加代子は少し下がると、ドアの札をくるりとひっくり返した。「ちょうど今、開けようとしたところ。中の商品は無事だったからねえ、お店はもう昨日から開けてんのよ。――それで、お兄ちゃんたちの御用はなんでしょうね？　もしかして、うちで買い物？」

「あ、いや、俺たちは――」

「悪いねえ。そんな気を遣ってもらっちゃって。ちょっと待っててね、今このゴミ出してきちゃうから。あんまり早くに出しすぎると、カラスに狙われちゃうのよ。それでいつも、時間ギリギリに出すことにしてんの」

耳が遠いからだろう。加代子はそう一方的にまくしたてると、そそくさと道路脇のゴミ捨て場に向かって行ってしまった。

福太は学太と顔を見合わせ、苦笑する。まあこの加代子との嚙み合わない会話もいつものことだ。夫婦は最近老いの兆候が目立ってきていて、先週も久光が配達中に腰を痛めた。落ちた物も碌《ろく》に拾えないほどのギックリ腰で、それは今もまだ治っていないそうだが、それでも事故前までは店には出ていたらしいので、やはり寝込んだのは気持ちの問題なのだろう。

　そんなことを考えているうちにも、ゴミ収集車の音楽が近づいてきた。加代子の足が速まり、近くの電柱や屋根の上から黒いカラスたちがガアガアと抗議の鳴き声を上げる。


　店内は予想以上に綺麗《きれい》だった。窓辺の床にガラス片の名残《なごり》がわずかに反射して見えるくらいで、そのほかは以前とほとんど変わっていない。車が衝突した正面ガラス部分には内側に日除《ひよ》けのロールスクリーンが下りていて、それが事故のときにガラスの飛散を防いでくれたようだ（図「事故現場」参照）。

「最近のゴミ収集車は気が早いねえ。危うく出し遅れるところでしたよ」

　そんなことをぼやきながら、加代子が戻ってくる。ぱちりと照明のスイッチを入れる音がして、青白い蛍光灯の光が商品棚を照らした。

事故現場

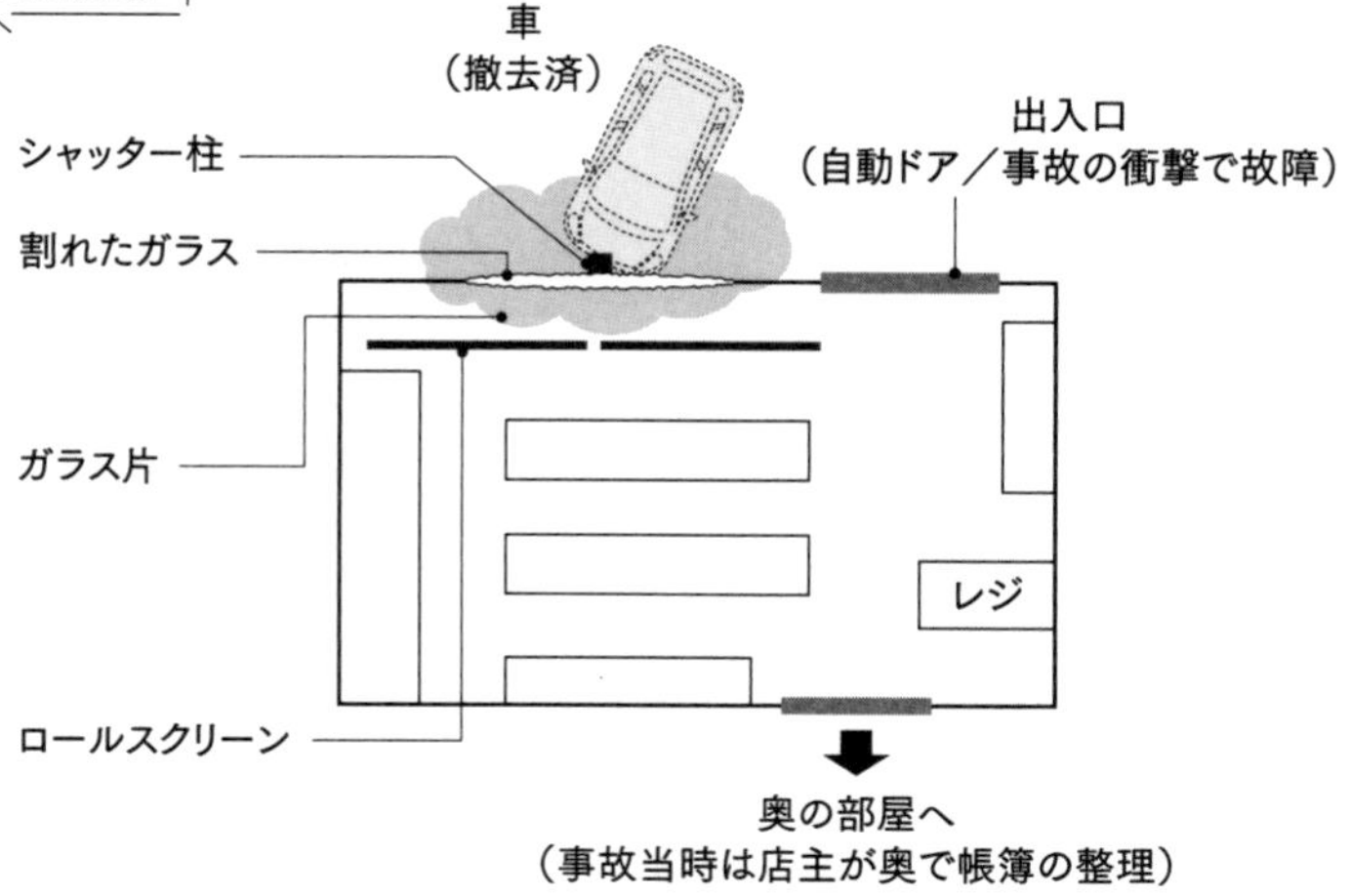

加代子がキョロキョロと左右を見回しつつ、訊ねる。

「ところで、良ちゃんは？　今日はお兄ちゃんたち二人だけ？」

「良太はサッカーの練習中です。実はおばさんに、良太に内緒で訊《き》きたいことがあって……」

「良ちゃんに内緒で？　あらま。何の話でしょ」

福太たちは加代子に、良太の様子がおかしいことを手短に説明する。地元のサッカークラブに所属する良太は、毎週土曜日の午前中、JR銀波駅周辺の自然公園にあるサッカー場で練習をする。それでその隙に、こっそり「袴田商店」を訪問したのだ。もし兄たちが店に行くと知ったら、良太は自分も一緒に行くとごねたに違いない。

「ふうん。良ちゃんがねえ」

話が終わると、加代子は頰に手を当てて考え込んだ。

「確かにあの子、警察の人に何かを見たって言ってたみたいだけど。でもあの正直者の良ちゃんが、そんな隠し事なんてするかねえ……」

口ぶりに愛情が滲《にじ》む。母親の死後、まだ離乳食も終わっていない良太の面倒を何かと見てくれたのがこの加代子だった。袴田夫婦と福太の一家は長い付き合いで、母親が銀波坂にスケッチのため通い詰めていたころに知り合ったらしい。両親を早くに亡くした母親は加代子を実母のように慕っていて、袴田夫婦にも子供がいなかったため、妊娠時には本当の娘のように世話を焼いてくれたそうだ。

「良太は事故について、目撃証言以外にも何か言ってませんでしたか？」

「どうだったかねえ」加代子は店奥に座り、古びたレジ台に片肘をつく。「このところ、物覚えにはめっきり自信がなくて。それにあのときは私も配達に出てたから。配達が終わったところで旦那からの連絡に気付いて、慌てて店に戻ったのよ。

そしたら良ちゃんが、警察のパトカーに乗せられてやってきたでしょ。私はもう驚くやら何やらで、とりあえず警察の人に、良ちゃんを落ち着かせてくださいって言われたもんだから。それで私、こうあの子を抱きしめてやって、大丈夫ようってあやして……」

何かを抱く仕草をしながら、加代子が優しげに目を細める。福太たちはその様子を黙って見守った。愛情深い加代子の表情に、遠い記憶が重なる。

するとそこで、ボーンと低い鐘の音が鳴った。

思いのほか大きな音に、ビクリとした。レジの後ろにある、柱時計からだった。時鐘を鳴らすタイプのもので、今のは時刻ではなく、間の三十分を告げる一つ鐘らしい。

「……そういえば」

と、加代子は首を捻って柱時計を振り返りつつ、呟く。

「これは関係あるのか、よくわからないけどねえ……実は私、事故の少し前に、良ちゃんと一度会ってるのよ。このお店の前で」

「え?」

福太たちは同時に訊き返す。良太と事故の前に――会っている?

学太が前のめり気味に質問した。

「あの日、良太がこの店に立ち寄ったんですか?」

「立ち寄ったっていうか、良ちゃんは普通に、店の向かい側の歩道を歩いてたのよ。私はそのとき、配達の途中で。銀波坂をバイクで下っていたとき、ちょうどそこの店の前あたりで良ちゃんとすれ違ったもんだから、『あー良ちゃん！』って手を振ったら、良ちゃんも気付いて手を振り返してくれたの。『あー！』って元気よく——」

そこで加代子は「あ」と言葉を止めると、悪戯っぽい表情でちらりと舌を出す。

「今の話、うちの旦那には内緒ね。バイクの運転中は気を抜くなって、口うるさく言われてんの。また大目玉食らっちゃう」

「それは、事故よりどれくらい前のことなんですか？」

「さあねえ、細かい時間までは……。ただ、私が配達に出たのが、そこの時計がボーンと鳴った午後二時半のことだったから。それで思い出したのよ」

「店を出てすぐ、良太を見かけたわけじゃないんですか？」

「ううん。お恥ずかしいことに私、一度配達先を間違えちゃってね。それで店の前までまた戻ってきたときに、良ちゃんを見たの。最初に間違えたのがここから十分くらいのお宅だったから、ええと——」

「往復で二十分。つまり午後二時五十分くらいに、おばさんはこの店の前を再び通ったってことですね？」

学太が素早く答える。加代子は目をパチパチ瞬《しばたた》かせると、「さすが学ちゃん、計算が早いねえ」と感心したように頷いた。学太は首を傾げて言う。

「事故が起きたのは午後三時ごろ。つまり良太は、事故の十分くらい前に一度お店の前を通り過ぎて、また戻ってきたってことですよね。なんでそんな動きをしたんだろう？」

「う一ん……なんでかねえ。学校に忘れ物でもして、それを取りに戻ろうとしたのかねえ……」

福太も考え込む。確かにそれはあり得る話ではあるが、もしそうなら別に隠すようなことでもない。正直な良太ならいつ事故を目撃したのかと訊かれて、「帰る途中」ではなく「学校に忘れ物を取りに戻る途中」と答えていたはずだ。

ううむ、と三人で唸りながら額を寄せあった。時折加代子に当時の状況についての質問を投げつつ、良太と人影の謎についてあれこれと議論しあう。だがすっきりした答えは出ず、ただ店内に響く柱時計の音だけがコチコチと虚《むな》しく時を刻んだ。

話も行き詰まったころ、ふと加代子が顔を上げ、一オクターブ高い声を出した。

「あらあ、園《その》ちゃん」

入り口の自動ドアが開く。外の風に乗り、ぷうんと強めの香水の匂いが漂ってきた。

振り返ると、化粧の濃い五十代ぐらいの女性が立っていた。

その顔を見て、福太と学太の表情が同時に強張《こわば》る。

ぎんなみ商店街にある高級宝石店、「ジュエリー神山《かみやま》」のオーナー・神山園子《そのこ》。

銀座のホステスのような出《い》で立ち。化粧映えのする顔で、髪も明るく染めているため遠目には若い女性っぽくも見える。だが近づくと顔と首の皺が目立ち、年相応といった感じだ。濃いアイシャドウと真っ赤な口紅がなかなかに強烈で、良太は陰で「魔女オババ」とあだ名をつけている。

歩きながらラジオでも聴いていたのだろう。神山は耳からイヤホンを外すと、店内を見回しながら中に入ってきた。

「驚いたね。加代子さん、もう店を開けてんのかい。しばらく休業しときゃあいいのに」

「なんのなんの」加代子は笑顔で応じる。「うちみたいな小さい店でも、閉めたら困るお得意さんもいるからね。老体に鞭打《むちう》って働いてんの」

「御苦労なことだね。まあおかげで、こっちも気兼ねなく注文できるってもんだけど——ああこれ、お供え物」

「お供え物？」

「酒の注文ついでに、仏前に供えてやろうかと思って。塩大福でよかったかい。旦那の好物」

「ヤだねえ。あの人はまだ死んじゃいないよ——奥の座敷でぐうたらしてるから、尻でも叩いてやって」

加代子がケラケラと笑う。神山も目尻を下げると、レジのほうにやってきて手土産を加代子に手渡した。そこでふと足を止め、近くにいた福太たちを振り返る。

「おや。アンタらは確か、絵描き屋の娘んところの……」

福太は硬い声で答える。

「木暮です」

「そうそう、木暮さんね」神山は関心なさそうに軽く受け流すと、「そういや加代子さんから聞いたけど、事故を目撃したのって、アンタらの末っ子なんだって？」

アイラインで縁取りした目が、鋭く福太を貫いた。声にやや刺《とげ》を感じる。

「……はい。そうですが」

「なるほどね。ところでその子って、天秤座《てんびん》かい？」

——天秤座？　唐突な質問に福太は戸惑う。

「いいえ、違いますが……良太の星座が、何か？」

「いやね」神山の口の端が歪む。「ついさっき、昼のラジオの占いで言ってたんだよ。天秤座は軽はずみな言動が誤解を招きます、注意しましょうってね。シルベール晶紀《あき》って知らないかい？最近人気の占い師で、私の知り合いなんだけどね。あの子の占い、よく当たるんだよ」

「良太が、嘘をついてるっていうんですか？」

「そういうもんだろう、子供って。周りの気を引くために、あることないこと大げさに言いたてたりしてさ。アタシ自身がそういう餓鬼だったからね。よくわかるんだよ」

「良太はそういうやつじゃありません」

「そうかい。なら、枯れ尾花でも見たのかねえ」

「カレオバナ？」

「幽霊の正体見たり、枯れ尾花——ってね。人の目なんてのはいい加減なもんで、怖い怖いと思っていると、枯れたススキも幽霊に見えちまうってことさ。まあ大方、カラスあたりを人の頭と見間違えたってところじゃないのかい。最近じゃ、店先のゴミを漁るカラスも多いらしいし」

「ガラス？　店の前のガラスなら片付けたよ」

耳が遠い加代子が、ニコニコと笑って的外れな台詞を挟む。

神山は加代子を見て微笑むと、福太たちにずいっと顔を寄せ、低い声で囁いた。

「とにかくね——アンタらの弟が余計なことを言ったせいで、警察も事故の処理が遅れて、この店も何かと困ってるんだ。アンタら、加代子さんにはさんざん世話になった口だろ。この人のためを思うなら、早くその子に言い含めて、話を取り下げさせな。我が子がそんな恩知らずに育ったと知ったら、母親が草葉の陰で泣くよ」

最後の一言に、福太の胃の底がカッと熱くなった。だが口を開く前に、学太が素早く福太の服を摑《つか》み、耳打ちする。

「行こう、福太。そろそろ良太を迎えに行かなきゃ」

言葉をぐっと飲み込んだ。神山は薄く笑うと、目で念押しするようにこちらを一瞥《いちべつ》してから、レジ奥の座敷へ向かう。福太たちも張り合うように背を向けると、加代子への挨拶もそこそこに、すぐさま店をあとにした。


「……僕、あの人嫌いだ」

店を一歩出るなり、学太がそう言葉を吐き出した。

福太も同感だった。というより、亡き母を除き、木暮家の人間であの女性に好感を持つものは一人もいない。

原因は、まだ母親が生きているときに起きた、指輪を巡る騒動だ。

生前、母親は神山と親しくしていた。母親が商店街に馴染みの店を作ろうと奔走していたころ、怪しげな看板を出していた神山の宝石店を占いの店と間違え、つい飛び込んだらしい。もちろん誤解はすぐに解けたが、たまたま神山に占いの心得があったため、面白がって母親の運勢を占ってくれたそうだ。それが縁で仲良くなり、以後付き合いは長く続いた。

関係にヒビが入ったのは、福太が小学生のときだ。

母親が突然、自分の結婚指輪を神山に売ると言い出したのだ。

神山に、指輪に悪いものが憑《つ》いているから手放したほうがいい、と言われたのが理由らしい。占いにかこつけて悩み事などを相談しているうちに、神山はいつの間にか母親のカウンセラー的立ち位置に収まっていたようだ。当然父親や福太たち三兄弟（良太はまだ生まれていない）は反対し、すったもんだの騒動の末、なんとか母親を思いとどまらせた。それ以来福太たちの神山への信用は地に落ち、母親の死後は完全に交流を断っている。

「あの人、なんか胡散臭《うさんくさ》いんだよな。裏の顔があるっぽくてさ」

「まあ、そんな感じはあるよな」

「そもそもあんな商店街で、高級宝石店をやってるっていうのがおかしいよ。客層が全然違うじゃないか。だから僕、ちょっと疑ってるんだ。隠れて違法な商売をしてるんじゃないかって」

「……お前それ、あんまり余所《よそ》で言うなよ」

印象が悪いといっても、それはあくまで木暮家にとっての話だ。さきほどの加代子の態度を見てもわかる通り、近所の評判はそれほど悪くない。むしろ地元の商店街ではご意見番的な存在でもあるらしい。

「わかってるよ。別に証拠があるわけでもないし――ん？　あれ、良太じゃないか？」

つと学太が顔を上げる。銀波坂の下のほうから、反対側の歩道を全力で駆け上がってくるユニフォーム姿の子供が見えた。見覚えのあるリュックを背負い、ネットに入ったサッカーボールを手に提げている。確かに良太だ。

「良太！」

呼びかけると、良太が気付いて立ち止まった。すぐにガードレールを乗り越えてこちら側に来ようとしたので、「待て！」と一旦声で制し、福太たちのほうから道路を渡って良太を迎えに行く。

「福太兄ちゃん！」

歩道に着くなり、良太がしがみついてきた。髪が汗で湿っている。運動場からここまでずっと走ってきたのか、息が非常に荒い。

「どうした、良太。帰りも迎えに行くから、そのまま待ってろって言っただろ」

「福太兄ちゃん。オレ、オレ、オレ……」

「なんだよ良太、ちゃんと日本語話せよ。オレオレ詐欺かよ」

学太が揶揄《からか》い気味に言う。良太が少し顔を動かし、ムッと学太を睨んだ。上二人の兄より歳が近いせいか、良太は学太を兄というよりライバルのように思っていて、学太もそれを承知でことさら意地悪げに振る舞う。

「……どうした、良太？」

肩に手を置き、もう一度優しく訊ねる。良太がうぐっと息を詰まらせた。福太の服を掴んだ小さい手にぐっと力が籠ったかと思うと、良太は再び福太の腹に顔をうずめ、怯《おび》え交じりの声で言った。

「福太兄ちゃん、オレ……母ちゃんの幽霊、見た」

4

「……良太が、母親の幽霊を見た？」

深夜に帰宅した元太が、レンジから温めたパスタを取り出しつつ首を傾げた。

「いつ、どこで？」

テスト勉強の休憩に部屋から出て来た福太は、冷蔵庫を開けながら答える。

「今日の昼間、駅前の自然公園のサッカーコート近く。サングラスにマスク姿の女の人が、桜の木陰からじっと良太を見てたんだってさ」

「それ、普通にただの人じゃないのか？」

「俺もそう思うんだけど」

冷蔵室の一段目に、特製プリンがあった。元太が商店街の洋菓子店で買い物した際、おかみさんにおまけしてもらった品だ。食べたい衝動に駆られるが、寝る前なので我慢し、代わりに牛乳パックを手に取る。

すると食卓でパスタを食べ始めたはずの元太が、皿を持ってまたキッチンに戻ってきた。粉チーズやらハーブオイルやらの調味料を並べて、味の調整を始める。

やっぱりアレンジ入ったか。福太は苦笑する。土曜の午後は学太の塾があったので、今晩の食事当番は自分だった。まあ作ったと言ってもレトルトソースに若干手を加えたぐらいなので、兄貴の舌が満足しないのは当然だが。

「良太が言うには、その人は『レタス色のストール』をしていたんだってさ」

背後で素っ気ない声がした。振り向くと、水色の縞《しま》模様のパジャマを着た学太が、欠伸をしながらキッチンに入ってくる。

「お前、まだ起きてたのかよ」

「トイレだよ。それに福太の声が大きいから、目が覚めちゃってさ」

福太が残り少ない牛乳をパックから直《じか》飲みしているのを見て、学太は小さく舌打ちする。福太を押しのけて冷蔵庫を覗くと、新しい牛乳に手を付けた。何となく責められている気分になりつつ、訊き返す。

「『レタス色のストール』って……もしかして、あれのことか？」

リビングの母親の遺品棚にある、黄緑色のストールに目をやる。

「うん。僕が冷やかすようになってからやめたけど、良太はつい最近まで、あのストールを寝るとき手放さなかっただろ。あれは良太にとっての『ライナスの毛布』だ。それと同じ色のストールを着けていたから、良太は母さんだと思い込んだんだ」

「ライナスの毛布……って、なんだ？」

「子供が安心するために手放せない、愛着のあるものの象徴。スヌーピーの漫画に出てくるライナス少年から生まれた言葉──良太の話に戻るけど、だから元太の言う通り、あいつが見たのは無関係な人間だったと思うよ。そもそもあいつ、母さんの顔なんてよく知らないじゃないか」

「じゃあなんで、そんな怪しい格好した女が良太のことを見てたんだよ？」

「別に良太を見てたかどうかはわからないだろ。サングラスしてたんだから。マスクだって今なら花粉症とかウイルス対策とか──ああ。そういや母さんも、春の季節はよくマスクしてたな。良太はその写真を思い出して、勘違いしたのかも」

母親の怜は軽度の花粉症だった。また本人は写真を撮るのは好きだが撮られるのは苦手で、母親の写った写真は数えるほどしか残っていない。なのでそんな数少ない屋外で撮った写真にはマスク姿も多く、さらに黄緑色のストールまで加わったことで、良太は母親の面影を見たのかもしれない。

「ただ、問題はそこじゃないんだよ」

学太はカップにココアの粉末を入れ、冷たい牛乳を注ぐ。

「神山さんも言ってただろ。怖い怖いと思ってると、枯れたススキも幽霊に見えるって」

「ああ――あの、幽霊のなんとか尻尾ってやつか」

「『幽霊の正体見たり、枯れ尾花』だよ。とにかく、ここで注目すべきは、良太がそのとき、ただの女の人を幽霊と見間違えるような心理状態にあったってこと。それも正体不明の幽霊じゃなくて、母さんの幽霊とね」

「……母親が恋しかったってことか？」

「だったらむしろ喜ぶだろ。幽霊でも会えたんだから。でも、あいつの反応は真逆だ。母さんの幽霊が出て、あれほど怖がってるってことは――たぶんあいつ、母さんに言えないような後ろめたいことを隠してるんだよ、きっと」

――お袋に言えないような、後ろめたいこと？

福太の顔が曇る。脳裏にいつもの能天気な良太の笑顔が浮かんだ。あの天真爛漫《らんまん》な末の弟が、いったいどんな秘密を抱えているっていうんだ？

「なら良太が目撃した、助手席から出てきた人影っていうのは……」

「悔しいけど、神山さんの言う通りかもね。単にカラスか何かを、人の頭に見間違えただけかも。あの場で良太が感じた罪悪感か何かが、無意識に誰かの幻影を見せたんだ」

カチャカチャと執拗《しつよう》にスプーンで牛乳をかき混ぜながら、学太が宙の一点を見つめる。

「と、すると……やっぱり一番の謎は、なんで一度店の前を通り過ぎた良太が、また同じ場所まで戻ってきたかってことだけど……」

スプーンを回す手を止め、学太がカップを覗き込んだ。まだ茶色い塊が少し浮いている。冷たい牛乳でも溶けるタイプのココアだが、思うように混ざらないらしい。

途中で諦めたのか、学太はスプーンを流しの盥《たらい》に放り込もうとする。そこでふと動きを止めた。視線が流し台にあった、千草に返却前のパイ皿のところで止まっている。

「待てよ。『羊飼いのパイ』――そうか」

カシャンと、スプーンを盥に放り投げる。

「『ひつじのショーン』だ」

「ショーン？」

「イギリスの粘土《クレイ》アニメだよ。粘土の人形をコマ送りで撮影して、動画を作るやつ。母さんが好きで、うちにもDVDが一式あるじゃないか。中に主人公の羊たちがサッカーする話があって、良太はあれでサッカーというスポーツを知ったんだよ」

「ああ」福太はキッチンカウンター越しに、テレビ下のラックに目をやる。「そういやあったな、そんなの。で、それがどうした？」

「鈍いなあ。だから、サッカーだよ」

「サッカー？」

「良太はあのとき、サッカーボールを持ち歩いていた。寄り道して遊ぶ用にね。ひつじのショーンは精巧なクレイアニメで、羊の粘土人形たちがサッカーをするシーンなんて本当に生きているみたいなんだ。良太もそれを真似してよくリフティングしていた。だからきっとあの日も、良太はリフティングの練習でもしながら帰ってきてたんだ。それで一度お店を通り過ぎたところで、ボールの扱いをミスって――」

「落とした、か」福太はようやく合点がいく。「だからそれを拾いに、店の前まで戻ってきたと。良太がボールを落としたのは事故に驚いたからじゃなく、それで遊んでいたからってことか」

「たぶん。良太は確かに一度ボールを落として戻ってきたとは言ったけど、それは事故のせいじゃない。順番と向きが逆だったんだ。良太がボールを落としたのは事故を目撃したあとじゃなくて、目撃する前。そして戻った方向は坂の下から上ではなく、上から下――」

食事をしながら黙って話を聞いていた元太が、そこで口を開いた。

「だが――それなら良太は、どうして警察にそう説明しなかったんだ?」

学太が表情を曇らす。

「それは……きっと、そのことが原因だと、誰にも気付かれたくなかったから……」

「原因? どういうことだ?」

「これは僕の想像だけど、ボールは歩道じゃなくて、車道側に落ちたんじゃないかな。それで坂道を跳ねて転がってきたボールを、例の事故車は避けようとして……」

「おい。ちょっと待てよ」福太は思わず口を挟む。「それじゃあ、事故が起こったのは……」

「良太のせい――ってことになるね」

重い沈黙が降りた。さきほど飲んだ牛乳がやにわに鉛にでも変わったように、福太の胃がずししりと重くなる。

「……まとめると、こういうことだよ」学太も気重げな声で言った。「あの日、良太は下校途中、『袴田商店』の前で加代子おばさんとすれ違った。その後もサッカーボールを蹴りながら銀波坂を上って行って、その途中でミスしてボールを車道に落とした。ボールは坂道を勢いつけて跳ねながら転がり落ち、ちょうど運悪く上り車線を走ってきた営業車の進路を妨害した。運転手はそれを避けようとしてハンドル操作を誤り、店に突っ込んだ――」

状況がまざまざと目に浮かぶようだった。それと同時に、例の焼き鳥の串の向きについての疑問も氷解する。運転手が衝突の直前に横を向いたのは、おそらく突然転がってきた良太のボールに視線を奪われたからだ。ボールがガードレールか何かで跳ねて、運転席の窓にでもぶつかったのかもしれない。

「だから良太、変になっちゃったんだ。事故が自分のせいだってわかってたから。それで良心の呵責《かしゃく》に押し潰《つぶ》されて、母さんの幽霊なんて見ちゃったんだよ」

良太の良は、良心の良――福太の脳裏に、母親が末の弟に託したメッセージが訓告のように浮かぶ。

学太が苦悩の表情で、兄二人に助けを求める視線を送った。

「どうしよう。今から良太を起こして、確認しようか？」

福太は兄を見た。元太はフォークを置くと、鼻筋の通った顔に両手をやり、しばらく黙って目を伏せる。

「……いや。今日はもう遅い。確認は明日の朝にしよう。良太には俺から訊く」

その後福太は自室に戻り、テスト勉強を続けた。だが、なかなか良太のことが頭から離れない。というより、話がまだ信じられなかった。本当にあの良太が、そんな嘘を？　普通の子供ならいざ知らず、あの正直者の良太がそんな小狡《こずる》い真似をするだろうか。

勉強に身が入らないので今日はもう寝ようかと思い始めた矢先、卓上のスマートフォンが不意に振動した。

『今、起きてる？』

ＳＮＳアプリに、圭人からのメッセージが届いていた。続いて電話のスタンプ。直接電話したいということか。

既読がついたことを確認したのか、返信する前に電話が来た。

「うっす」

こちらの心情とはまるで無縁の、お気楽な声が受話口から聞こえてくる。

「なんだよ、こんな時間に」

「悪《わり》い。中間の試験範囲、確認したくてさ」

まったく悪びれない口調だった。福太は請われるがまま、メモした範囲や圭人が授業で聞き逃した点などを伝える。ただ教えながら、どうせこいつのほうがいい点取るんだよな、という皮肉な思いが拭えなかった。圭人は授業態度こそ不真面目だが、テストでは要領よく点を取るタイプだ。

「ああ、そういや福太——例の銀波坂の事故、ネットで噂になってるの知ってるか？」

用事が済むと、唐突に圭人が話を振ってきた。福太はギクリとする。

「……噂って？」

「あの事故の直後、助手席から誰かが出てくるのを、近所の小学生が目撃したんだってよ。それが煙みたいに消えちまったって。だからまた、銀波坂の幽霊が出たんじゃねえかって、そういう噂」

別に良太のことを知っているわけではないんだな、とホッとする。銀波坂は近所なので、福太の高校でも事故のことはすでに知れ渡っていた。圭人がその話を持ち出したのも特に他意はなく、単純に勉強の息抜きに無駄話をしたかっただけのようだ。直接電話してきたのもそのあたりが理由だろう。

「……あの幽霊は、桜の季節に出るんだろ」

「そりゃあまあ、そうなんだけどよ――なんだよ、反応悪いな。お前ってこの手の話、好きじゃなかったっけ？」

「今はそういう気分じゃないんだよ」

「なんだ、つまんねえの。ほかにも不倫説とかスパイ暗殺説とか、いろいろあんのに。……ははあ。さてはお前の反応が悪い理由って、あれか。もしかして、あの女子大生に振られた？　あの弟の塾講師の」

椅子を傾けて電話していた福太は、危うくひっくり返りそうになった。

「……なんで千草さんの話が、ここで出てくんだよ」

「だってお前、あの女子大生のこと好きじゃん」

「別に好きじゃねえよ」

「ダウト。嘘はよくねえよ。そういう軽率な嘘をつくのは、この週末は特にな。だってお前、俺と同じ天秤座だろ？」

「天秤座がなんだってんだよ」

顔を真っ赤にして言い返す。——ん？　天秤座？

「天秤座はこの週末、軽率な言動が誤解を招くんだよ」圭人が笑いを堪《こら》える。「占いでそう出てんの。シルベール晶紀って占い師、知らねえ？　よく当たるって評判で、今うちの妹がド嵌《は》まりしててさ。俺、勉強のときはいつもラジオ聴いてるんだけど。ＦＭ銀波。その正午の十分ニュースのあとに、占いのコーナーがあってさ——」

またその占い師かよ。神山の話を思い出し、妙な脱力感に襲われた。なんだよ、流行《はや》ってんのか？　その占い師。ただでさえ勉強に集中できないってのに、テスト前の貴重な時間をこんな与太話に費やしている余裕は——。

——時間？

次の瞬間、椅子を蹴って立ち上がった。

弾《はじ》き飛ばされた椅子が真後ろの本棚にぶつかり、深夜に派手な音を響かせる。しかしその音は福太の耳には入らなかった。福太は卓上の目覚まし時計を一瞥すると、スマートフォンを握りしめ、強張《こわば》る声で訊ねる。

「ちょっと待て、圭人。その占い——何のあとって、言った？」

5

母親の墓前に、元太が花を献じていた。

綺麗な花束だが、花の一つ一つの名前はよくわからない。駅前の商店街にある花屋で適当に見繕ってもらったものだ。そこの店主の女性が元太の大ファンで、いつも気前がいい。

「ほら。良太」

福太は火を点けた線香を手の中で分け、ほんの一握り分を良太に渡した。良太は小さい手でそれを握りしめると、元太と入れ替わりにおずおずと墓前に近づく。カエル座りでしゃがみ込み、横置きの線香台にバッと線香を投げ入れた。昔火傷《やけど》したことがあるため、良太はこの線香の手向けが少し苦手だ。

その姿勢のまま、良太はしばらく墓石を見上げる。やがて両手を合わせ、小さな体を丸めて舌足らずの口調で言った。

「母ちゃん。オレ、オレ……嘘ついて、ごめんなさい」


——事故の原因は、たぶん良太じゃない。

圭人と電話した翌朝、福太は兄弟たちにそう告げた。

ちょうど全員で朝の食卓に着き、今しも元太が良太に質問を切り出そうとしていたところだった。元太が言葉を止め、学太が怪訝な眼差しをこちらに向ける。起き抜けの良太はまだ状況がよくわかっていない様子で、ぽわんとした顔つきでしきりに寝ぼけ眼《まなこ》をこすった。

低血圧の学太が、不機嫌そうに寝起きのヤクルトを飲みつつ訊き返す。

「良太が原因じゃない？　じゃあ何で良太は、現場に戻ったことを警察に隠してたんだよ？」

「良太は、戻ってない」

「え？」

「良太は事故の前には、通過も後戻りもしていない。加代子おばさんが良太とすれ違ったのは、ちょうど事故が起きた時間帯。おばさんのほうが時間を勘違いしていたんだ」

「なんだって？」

——気付いたきっかけは、例の占いの話だった。

圭人はそれを、「正午のラジオの十分ニュース」のあとに聞いたと言った。それがラジオ番組であること、占い師の名前や占い内容が一致することから、おそらく神山が昼ごろ「袴田商店」に来たときに聴いていたのと同一のものだろう。

だがそうすると、一つ矛盾が生じることになる。

神山の訪問までに、店では柱時計の正午の鐘が鳴っていなかったのだ。

ニュースの時間は十分。だから神山がそれを聞いて店に入ってくるのは、早くとも十二時十分以降。しかし柱時計の正午の鐘は、その時点ではまだ鳴っていなかった。間の三十分を示す一つ鐘は鳴っていたので、時計が壊れていたということもない。店の時計は少なくとも十分、遅れていた計算になるのだ。

「……なるほどね」学太が察しよく応じる。「つまり、加代子おばさんが二時半の鐘を聞いて店を出たのは、実際は二時四十分。それから二十分かけて引き返してきたわけだから、おばさんが店の前を通過したのは三時ごろ——ちょうど事故の時間帯だったってことか。

どうりでおばさんが店を開けるのが開店時間より遅かったり、ゴミ出しがギリギリだったりしたわけだ。良太が迎えを待たずに来たのも、僕たちが遅れたせいもあったんだな」

元太がインスタントコーヒーをすすりつつ、首を傾げた。

「だが……それはだいたい三時ごろってだけだろう？　本当に事故の時間と一致したかは、わからないんじゃないか」

「まあね」学太がヤクルトを飲み干す。「でも、おばさんが時間を勘違いしていたとすると、考えの幅が広がってくる。『事故の原因候補』が増えるんだ。——な。そういうことだろ、福太？」

福太は頷き返すと、話の成り行きにどことなく不安を感じ始めたような表情の良太に向かい、穏やかに尋ねた。

「良太。正直に言ってくれ——本当はあの事故は、加代子おばさんが原因だったんだな？」

良太の顔が、ぴきりと凍り付いた。

その顔がこの世の終わりのように青ざめる。だがやがて良太は唇をきつく結ぶと、花が萎《しお》れるようにがっくりと項垂《うなだ》れた。

——事故は、加代子が引き起こしたものだった。

少なくとも良太の目にはそう映った。つまりはこういうことだ。あの日良太は、母親の面影を求めて銀波坂を通って下校していた。その途中、ちょうど「袴田商店」の付近で、バイクで坂を下りてくる加代子とすれ違う。するとそこに、運悪く反対車線を例の営業車が上ってきた。良太に気を取られ、よそ見をしていた加代子は対向車に気付かず、さらにはカーブでセンターラインを少しはみ出して走っていたため、営業車は加代子のバイクを避けようとしてハンドル操作を誤り、店に激突。だが耳が遠い加代子はその事故に気付かず、そのまま走り去ってしまった——。良太は事故直後、すぐに加代子を追いかけた。しかし走ってバイクに追いつけるはずもなく、諦めて現場に戻ったという。

そこから先は良太が警察に説明した通りだ。つまり事故車に例の人影のようなものを目撃し、驚いて落としたボールを拾って戻ってきたら、人影は消えていた——という流れ。ただし学太に言わせれば、その人影こそが良太の罪悪感が見せた幻《まぼろし》だという。なんでも加代子のことを黙っているかどうか迷う気持ちが、無自覚に自分の「潜在意識」に働きかけ、カラスか何かを人影に見せて良心に訴えかけようとした——ということらしいが、正直そのあたりの心理学的な説明は小難しくてわからない。

ただ一つわかるのは、良太がずっと良心の呵責に苦しんでいたということ。

良太は確かに嘘を言ってはいなかったが、本当のことを全て話したわけでもなかった。良太はいまどき珍しいほど根が素直な性格だ。もし自分が事故の本当の原因だったとしたら、悩みつつも最後には正直に告白していただろう。その原因がほかならぬ加代子だったからこそ、自分が祖母同然に慕う相手だったからこそ、良太は誰にも打ち明けられず、あれほど調子を狂わせて一人でずっと悩んでいたのだ。

良太の良は、良心の良——。

だがその母親のメッセージが含むのは、ずるいことをするなという教えだけではない。「困ってる人を助けてあげて」という願いも込められている。嘘はつきたくない。しかし加代子は助けてあげたい。そんな大人でも答えが出せないような矛盾に直面し、幼い弟は一人孤独に苦しんでいたのだ。その面影でさえ定かではない、幻想の母親の教訓を忠実に守ろうとして——。


「……母ちゃん」

長く無言で拝んでいた良太が、ようやく口を開いた。

「あのな……オレ、さっき兄ちゃんたちと、あのこと相談したんだ。それでやっぱり、オレ、オレ……」

口ごもりつつ、ちらりと兄たちを振り返る。福太は末っ子を励ますように頷いた。良太は唇を嚙むと、こくんと頷き返してまた墓石に向き直り、今度ははっきりとした口ぶりで告げる。

「あのこと、警察の人には言わない」

線香のゆるい煙が、弟の小さな体を包む。

「だって、おばちゃんがはみ出してたの、ちょっとだけだったたし。それにあの車、最初から店に突っ込みそうな感じで走ってたんだよ。危ねえ、ってオレ思ったもん。たぶんあの車がもう少しスピード落としてたら、おばちゃんのこと普通に避けられたと思うし。カーブだって、きっと曲がれた。オレ、そう思うんだ」

良太が言葉を切る。またしばらく黙って墓石を見つめると、急にペコリと頭を下げた。それから思いを振り切るように立ち上がり、踵を返して墓の小段を駆け下りてくる。

福太の膝にしがみつき、無言で顔を押し当てた。福太はその頭を静かに撫《な》でる。

「……母ちゃん、許してくれるかな?」

「ああ」

このことは、兄弟四人だけの胸に秘めておく——それがあのあと、全員で話し合って決めた結論だった。

道徳的には決して褒められたことではないかもしれない。だが良太が言ったように、事故の多い坂道のカーブでスピードを出し過ぎていた相手の車にも責任はあるし、加代子自身も自分の店に損害を受けている。長年守り続けた愛店《まなみせ》を壊された老夫婦に、これ以上の社会的制裁が必要だろうか。

「これで良かったんだよな、兄貴?」

すっきりした顔で駆け出していく末の弟の背中を見ながら、福太は元太に尋ねた。

「さあて……どうなんだろうな」長男は空の雲を見つつ、答える。「ネットなら炎上してそうな話だしな。でも、まあ——今回は、こんなもんでいいだろ。良太の話を聞く限りじゃ、本当に加代子さんが原因かっていうのも微妙なところだし」

「……よっぽど慌ててたのかな、その人」同じく空を見上げつつ、福太はぼそりと呟く。

「え、なんだ?」

「焼き鳥を食いながら運転するなんてさ。せめて食ってる間くらい、車停めりゃいいだろうに。不動産会社って昼飯を食う暇もないほど、忙しいのか?」

「どうなんだろうな」元太は少し笑い、「あの業界も、飲食業界に負けず劣らずブラックだから。

まあ顧客訪問の途中だったらしいし、時間に遅れそうで急いでたんだろ。そこに運悪く、加代子さんのバイクと出くわしたんだ」

「良太が現場で見たっていう人影は、本当に幻覚だったのかな。あいつ、そのあとにもお袋の幽霊に会ったとか言ってたけど」

「……案外、本当に母親が化けて出てたりしてな」

言いつつ、元太がこちらに手を伸ばした。肩に線香の灰がついていたらしく、人差し指を丸めてピンと服の表面を弾く。その手をそのまま福太の頭まで持って行き、くしゃっと乱暴に髪を摑んだ。

「まあ、あのひとなら、今回の件は大目に見てくれるよ。重要なのは、俺たち四人でそう決めた、ってことだろ」

「……ああ」

邪魔くさい兄の手を払いのけながら、同意する。——そうだ。この判断が正しいか間違っているかは、実のところ一番の問題じゃない。肝心なのは、その結果を俺たちでどう受け止めるかということ。正解ならばそれで良し。仮に間違っていても、その責任を良太一人に背負わせるようなことはしない。その咎《とが》は兄弟全員で贖《あがな》う。

「ただ、加代子さんの運転は心配だな。さすがにこのまま続けさせるわけにはいかない」

「そういや店で話したときも、脇見運転でまた大目玉食らっちゃうって言ってたな」

「前にうちの店に配達に来たときも、商品が壊れてたことがあったんだ。たぶん本人もそろそろ自覚してるだろう。そのあたりを理由にして、免許を返納するよう俺からも説得しておくよ」

「頼む、兄貴」

アチチ、と近くで慌てる声が聞こえた。学太の手の中で、束にした線香が燃え上がっていた。福太は学太に近づいて線香を奪うと、慣れた様子で軽く振って速やかに鎮火する。それを返すと、学太はこわごわ受け取りつつ、ありがとう、とぶっきらぼうに礼を言った。

突然墓地のど真ん中で、良太が両手を突き上げて叫んだ。

「あー、腹減ったー!」

学太が顔をしかめる。通りすがりの老夫婦が、可愛らしいものでも見るように目を細めて微笑んだ。福太の口元にも穏やかな笑みが広がる。頭上に広がる五月晴《さつきば》れの空に、明るく元気一杯な声がのどかに響く。


食卓に炒めた肉と玉ねぎのいい香りが漂った。シェパーズ・パイだ。良太が昼飯にこの前食べたパイがまた食べたいと言うので、墓参りから帰宅後、元太が手早く作った。千草のレシピとは違い、普通に牛挽き肉を使用している。

「それにしても先生、勘違いしてるんだよな」取り皿を卓上に並べながら、学太が言った。「別にシェパーズ・パイそのものが、僕たちの母さんの味ってわけじゃないのに。まあ、あの夏期講習で、誤解を招く言い方をしちゃった僕が悪いんだけど」

牛乳一つにカフェオレ三つの計四つの飲み物を用意しつつ、福太は応じる。

「絵本や小説に出てくる料理、片っ端から作ってたよな。あのお袋」

「そう! そういう気まぐれで突発的な料理が、僕たちにとっての母さんの味なんだよ。シェパーズ・パイだって、ちゃんと作ったのは一回だけじゃなかったっけ？　何かの本を読んでて、急に食べたくなったとか言って――ハリー・ポッターだったっけ？」

「メアリー・ポピンズ」

皿にパイを取り分けていた元太が、即座に答える。それだ、と学太がパチンと指を鳴らした。福太は二人の妙な記憶力の良さに感心する。――それにしてもよく覚えてるな、こいつら。

やがて準備を終え、いつも通りの食卓の配置についた。いただきます、と声を揃えると、良太が「待て」を解除された犬のような勢いでガツガツと料理を貪《むさぼ》り始める。

口のまわりをトマトソースだらけにしながら、良太が興奮した口調で言った。

「元太兄ちゃんのセファーズ・パイ、うめえ。オレ、こっちのほうが好き」

「シェパーズ、な」

ティッシュで良太の口回りを拭いてやりつつ、学太が訂正する。良太は学太をじろりと睨むと、学太の手を避けてまた料理を口に放りこみ、セファーズ・パイうめえ、と意地を張って繰り返した。

「……でも、ずりいよなあ。兄ちゃんたち」

パイも半分ほど四人の胃袋に消えたところで、唐突に良太が言った。

「何がだよ？」

「だって母ちゃんの作った料理、食べられてさ。オレも食べたかったなあ。母ちゃんのセファーズ・パイ」

一瞬、福太たちの動きが止まった。

卓上で、兄三人の視線が交錯する。やがて元太が気まずげに目を伏せ、学太が意味もなく眼鏡を外してレンズの汚れを確認し始めた。

福太も無意識にうつむきつつ、フォークの先で具の挽き肉をいじる。……そうか。そりゃあ、ずりいよな。こいつはお袋のこと、なんも知らねえんだもん。あの料理の味も、顔も、声も——。

——福太の福は、幸福の福。

ふと母親の穏やかな声が、鍵を掛けた記憶の奥底から蘇《よみがえ》る。

——福太は誰よりも、幸福な人間になって。それで周りの人も幸せにするの。幸せな自分が周りを少し幸福にして、その幸福のおすそ分けを貰《もら》って、自分もさらにもっと幸せになって——って、理想を言えばそんな感じ。まあ難しいけどね。でもね、これだけは覚えておいて。人って結局、人の幸せを素直に祝えるくらいが、一番幸せなのよ——。

俺はそんな人間に、なれるのだろうか。

元太がコホンと咳払《せきばら》いし、良太の皿に黙って追加分をよそった。学太も牛乳パックを持つと、空になりかけた良太のコップにお代わりを注ぐ。福太は立ち上がり、キッチンに向かった。冷蔵庫から食べずにとっておいた自分の分のプリンを取り出し、食卓に戻る。

「これ、やるよ。良太」

「え？　いいの」

良太が目を丸くする。

「いいよ。だから、まあ、その、なんだ……許せ」

フォークの先を咥えながら、良太がぱちくりと目を瞬《まばた》かせた。それから取り皿に大盛りに追加されたパイ、コップになみなみと注がれた牛乳、そして増えたデザートのプリンを順番に見やって、不思議そうな顔をする。

やがてニッコリと笑うと、嬉《うれ》しそうに言った。

「うん。何だか知らねえけど、許す」

第二話

宝石泥棒と幸福の王子

「下のほうに広場がある」と幸福の王子は言いました。「そこに小さなマッチ売りの少女がいる。マッチを溝に落としてしまい、全部駄目になってしまった。お金を持って帰れなかったら、お父さんが女の子をぶつだろう。だから女の子は泣いている。あの子は靴も靴下もはいていないし、何も頭にかぶっていない。私の残っている目を取り出して、あの子にやってほしい。そうすればお父さんからぶたれないだろう」

「もう一晩、あなたのところに泊まりましょう」ツバメは言いました。「でも、あなたの目を取り出すなんてできません。そんなことをしたら、あなたは何も見えなくなってしまいます」

「ツバメさん、ツバメさん、小さなツバメさん」と王子は言いました。「私が命じたとおりにしておくれ」

幸福の王子

原作：オスカー・ワイルド　翻訳：結城浩
https://www.hyuki.com/trans/prince.html

1

——旨《うま》いな、このカレー。

ルーのかかった白米を一口食べ、福太《ふくた》は喉の奥でうなる。

タイカレー……なのだろうか。やや緑がかったクリーム色のルーに、スパイシーな香り。個人的には、こういったさらさらしたタイプよりもったりした普通のカレーのほうが好みだが、これは別格だ。

昨晩兄貴が作ってたのは、こいつか。

「おっ。今日はカレー弁当かよ。旨そうじゃん。一口くれ」

すると隣にやってきた鷹橋圭人《たかはしけいと》が、トンビのようにスプーンを奪って一口かっさらった。やられた、と己の不注意を呪った次の瞬間、絶叫が上がる。

「うっめ!」

高校の格技場に叫びがこだまする。その声に、昼休みに集まって弁当を食べていた剣道部の仲間が、一斉に振り返った。

全員が無言で立ち上がり、集団で狩りを行う肉食獣のような静けさで、福太のほうへジリジリとにじり寄ってくる。

まずい、と本能的な危険を感じた。

「いや。あげねえから。そんなに量ねえし」

飢《う》えたハイエナどもの餌食にはさせまいと、体で弁当を隠す。一口たりとも渡さない、というこちらの強固な意志を感じ取ったのだろう。ちっと舌打ちが聞こえ、集団はまたもぞもぞと引き返していった。――ふう、あぶねえあぶねえ。料理人の兄が作る弁当が抜群に旨いことは仲間内には知れ渡っているので、福太の弁当は常に略奪の危機にある。

しばらく味の余韻に浸っていた圭人が、ほうと恍惚《こうこつ》のため息を吐き出して言った。

「これって、何カレー？」

「たぶん、タイカレー」

「ああ。ココナッツミルクっぽいもんな。俺、ココナッツミルクを使ったカレーって甘ったるくて苦手なんだけど、これは別だわ。辛さと旨味《うまみ》の中に、滲《にじ》み出る甘さというか……」

もう一口、という感じで、圭人がスプーンを向けてくる。福太はすかさずその手首を摑《つか》むとスプーンを奪い、足で蹴ってシッシと追い返した。

「タイといえばさ」圭人はやや未練がましく弁当を見つつ、「この前、銀波中学《ぎんちゅう》にOB訪問行ったとき、すっげえ美人のタイ人っぽい先生いなかった？　アジアンビューティー、って感じの」

福太は首を捻《ひね》る。

「いたか？　そんな先生」

「いたんだよ。お前の上の弟……学太《がくた》だっけ？　そいつと廊下で、何か話してたぜ」

圭人と母校の剣道部のOB訪問に行ったのは、つい先週の土曜のことだ。上の弟で中学二年生の学太も、何かの用事で登校していたらしく、圭人はそれを目撃したようだ。弟が校内で会うのを嫌がるので、あえて近づかなかったが……そんな教師がいたなら、強引に会いに行っときゃよかったかな。

「ずりいよな。俺たちの代には、あんなセクシー教師いなかったのに。今だって、キャサリンが授業中脚を組み替えただけでドキドキしてんのによ」

「キャサリン、来年定年だろ」

キャサリンとは笠木倫子《かさぎりんこ》という名の英語教師で、すでに孫もいる。相当やばいなコイツ、と同情の眼差《まなざ》しで友人を見ていると、圭人が再び不意を突いて弁当に手を出してきた。だがその動きを読んでいた福太はゆうゆうと躱《かわ》し、圭人の手はむなしく宙を泳ぐ。

「……お前は可哀《かわい》そうだな。福太」圭人が歯ぎしりしつつ、言った。

「なんだよ、いきなり」

「だってガキのころから、毎日こんな旨いもん食ってんだぜ？　もう普通の飯じゃ満足できねえだろ」

「いや別に、毎日食ってるわけじゃねえけど」

「見えたぜ」ビシリ、と圭人は箸の先を突き付ける。「お前の人生に、これから待ち受ける不幸が」

「は？　不幸？」何言ってんだ、こいつ？

「将来、お前に彼女ができたとして——その彼女が、初めてお前の一人暮らしの部屋に訪れ、精いっぱいの手料理をふるまってくれたとする。それを食べて、お前は笑顔で『美味《おい》しいよ』と褒めつつ、心の中じゃこう思うんだ。『ああ、やっぱ兄貴の手料理のほうがうめえや』」

「ならねえよ。俺、兄貴と違ってバカ舌だし」

なんの予言だ。憤りつつも、一瞬ありえるかも、という思いが頭をよぎってしまった。慌てて首を振り、不吉なイメージを脳内から追い払う。

ふと下を見ると、主人の手がそろそろと弁当箱に伸びていた。

その腕をガシリと取り押さえ、問いただす。

「何？」

「いや……俺も、お前の不幸の一部を背負ってやろうと思って」

「それより、幸福をくれよ」


「ああ。マイカ先生のことだね、それ」

帰宅後、リビングで宿題をやっていた学太に訊《き》くと、すぐ答えが返ってきた。

「お祖母《ばあ》さんがタイ人で、タイで生まれ育って、成人してから日本に来たって。確かに若くて美人で、先生にしては露出度が高いな、って思うことはあるけど。暑い国の出身だし、本人は特に意識してないんじゃないかな。セクシーな教師っていうより、人気者のアイドルって感じ？　性格ものんびりしているし、近所の綺麗《きれい》で優しいお姉さん、って印象」

最高じゃんか、と内心思う。

「お前の担任なの？」

「いや。マイカ先生は英語の教師だけど、正規の教員じゃなくて、特別非常勤講師ってやつ？　教員免許は持ってないみたい」

「え？　教師って、免許なくてもなれるのか？」

「そういう制度があるみたいだよ、僕もよく知らないけど。ああ……でもそういえばマイカ先生、実家が資産家で、お祖父《じい》さんの口利きで入れてもらえたとも言ってたな」

「お前、マイカ先生と仲いいの？」

「仲いいっていうか……うちの部活の面倒、見てもらってるから。産休の先生の代わりに」

「書道部の？」

「うん」

学太は鉛筆を置き、憂鬱《ゆううつ》そうな顔で肘をつく。

「福太たちが来たときは、ちょうど相談を受けてたんだよ。部活中にちょっと、ややこしい事件が起こってさ……」

事件？　福太が訊き返そうとした、そのとき——。

「きゃはは－！」

奇声が耳に飛び込み、ドン、と足に何かがぶつかった。小柄な生き物が脇をかすめ、家具や観葉植物が所狭しと並ぶリビングを、イノシシの子のように激しく走り回る。

四兄弟の末っ子、良太《りょうた》だ。

「おい、良太！　パンツ、パンツ！」

そのあとから、上半身裸の引き締まった肉体がやってきた。長男の元太《げんた》。フレンチレストランで調理師をしているモデルのようなイケメンだが、そのイケメンが子供用パンツを手にフルチンの小学生を追い回す様子は、なかなか絵になる。

良太が食卓近くを通り過ぎる瞬間、学太がすっと足を出した。良太が躓《つまず》き、絨毯《じゅうたん》にうわあーと派手にスッ転ぶ。そこをすかさず福太が取り押さえ、ジタバタする足に蹴られながら元太がなんとか下を穿《は》かせた。末っ子が誰と風呂に入るかで役割は変わるが、毎晩の恒例行事である。

パンツを穿かせられた良太は、罠《わな》にかかったタヌキのように悔しげに自分の下半身を見下ろした。だがすぐにハッと顔を上げて、目の前にいる福太の股間あたりをしげしげと眺めてから、ニタア、とあくどい笑みを浮かべる。

「じゃーん、はっぴょう！」急に立ち上がり、片手を挙げた。「この四人のなかで、一番でっかいのは——」

「待て、良太」

福太は慌てて末っ子の口を押さえた。そのランキングは、今後の兄弟関係に微妙に影響を及ぼす。

「……ん？　待って、福太。良太が持っているやつ、何？」

そこで学太が、眼鏡《めがね》に指を添えて言った。見ると、良太の挙げた手に、キラキラ光るものが握られている。

「チャンピオンにあげる、メダル」

「やめろって。母さんが作ったやつだろ、それ」

学太が良太からアクセサリーを奪い、飾ってあった元の棚に戻した。どうやらリビングを駆け回る途中で、掠《かす》め取ったらしい。

「あれ、母ちゃんが作ったの？」良太が目を輝かす。「すげえ。母ちゃんって、宝石屋さん？」

「ただの絵本作家だよ。あれは、趣味のレジン」

「れじん？」

「樹脂を固めて作ったアクセサリー……つまり、本物の宝石じゃなくて、偽物ってこと」

母親を早くに亡くした木暮《こぐれ》家は、完全な男所帯だ。しかしリビングは母親が生前のときのままにしてあるので、壁には母親の絵が掛かっていたり、棚には絵本や手製のアクセサリー、愛用のストールが飾られていたりと、やけにファンシーなインテリアとなっている。

「レジンか。懐かしいな」元太が目を細める。「そういや福太、覚えてるか？　母親の『宝石取り違え事件』」

「ああ」

絵描きだけあって、母親は手先が器用だった。それである日、創作意欲に駆られたのか、知り合いから本物の宝石を使ったアクセサリーを借り、それとそっくりなものをレジンで作ってしまったのだ。

それだけならまだよかったのだが、完成度の高さのあまり、なんと作った当人が本物と取り違え、偽物のほうを返却してしまったという。まさにあの母親の抜けているところだ。

しかも参考用に借りた本物のほうは、不注意で紛失してしまったらしい。そのため一時は母親が盗んだのではと疑われ、警察沙汰《ざた》になりかけたそうだ。結局、最後は父親や共通の知人が間に入って何とか事を丸く収めたようだが、その弁償金として絵本一冊分の印税がまるまる消えた、というオチだ。

「思い出に浸るのは、そのへんにしてさ」

当時はまだ幼くて話に乗れない学太が、やや拗《す》ねたように言った。

「福太、そろそろ、夕飯の用意をしてよ。今日の食事当番だろ」

「へいへい」


「……ん？」

うどんを一口すすった元太が、首を捻った。

「やっぱ、不味《まず》い？」プロの料理人である兄の感想に怯《おび》えつつ、福太は訊く。

「いや、そうじゃなくて……」元太は気難しい顔で汁をもう一口飲み、「この味、なんか覚えがあるな」

『長寿庵《ちょうじゅあん》』の味じゃないの？」と、学太。「うちがいつも年越し蕎麦《そば》を頼んでいる、商店街の蕎麦屋の。あそこの爺《じい》さん、聞いてもいないのに蕎麦つゆの作り方教えてくれたじゃん。なんか福太のこと気に入ってさ」

「いや。これはもっと家庭的というか……福太。これ、どうやって作った？」

「え？　ああ――あの爺さんの言う通り作るのは面倒くさいから、めんつゆとか適当に入れただけだけど」

「干し椎茸《しいたけ》の戻し汁は？」

「入れた」

元太がさらに作り方をあれこれ聞いてくる。俺の料理にこんなに兄貴が反応するのも珍しいな、などと思いつつ答えていたが、元太が最後に漏らした一言で、合点《がてん》がいった。

「お前の味のセンス、ちょっと母親に似てるな」

そうなのだろうか。自分は兄と違ってバカ舌だし、母親の料理の記憶もおぼろげなので、正直よくわからない。

そもそも、母親も手抜き料理が多かった。仕事に熱中するあまり、食事の支度を忘れることもしょっちゅうだ。その代わりに元太が作るようになり、それが今の職業につながったといっても過言ではない。

「これ、母ちゃんの味？」

良太が無邪気に訊く。福太たちは黙った。学太が「さあ」とそっけなく答え、麦茶を取りに冷蔵庫へ向かう。

福太は話題を変えた。

「そういや、学太。お前さっき、何か言いかけてなかった？　事件がどうとか」

「ああ。それなんだけど——」

するとそこで、ピンポーンと呼び鈴が鳴った。

「すみません。竹宮《たけみや》です」

「……千草《ちぐさ》先生だ」

学太が反応する。ちらりと元太を見て、気遣うように言った。

「どうする、元太？　外出中ってことにしておく？」

千草は学太の塾講師をしている近所の女子大生だが、元太の働くレストランの常連客でもあり、元太の大ファンだ。学太が元太の弟だと知ってからは何かと自宅に押し掛けてくるのだが、元太は客との余計なトラブルを避けるため、居留守を使うことも多い。

「……いや。俺が出るよ」

珍しく、元太が自分から行った。福太が聞くともなしに耳をそばだてていると、玄関から断片的な会話が聞こえてくる。

「あっ、元太さん――さっきはお店でどうも――大変でしたね、面倒くさいお客さんに絡まれちゃって。……えっ？　あの人、知り合いだったんですか？　お母さんの昔の友達？　ごめんなさい。私てっきり、逆ナンでもされてるのかと思って――」

どうやら日中に会っていたらしい。そのとき口約束したか何かで、逃げられなかったのだろう。

やがてドアの閉まる音がして、やや疲れた顔で元太が戻ってきた。手に布を掛けたバスケットを持っている。

「なにそれ？」

「タルト。学太にって。あと俺にもプロの感想を聞きたいんだとさ」

良太が布をめくり、「うまそー」と言った。ふわりとバターとカスタードの甘い匂いが漂ってくる。

千草さん、清楚《せいそ》な見た目のわりに押しが強いよなあ、などと福太が思っていると、学太の視線を感じた。

「何だよ？」

「いや、別に……。ただ、福太も顔見せとけばよかったのに、と思って」

「なんで、俺が？」

「まあ、元太相手じゃ勝ち目ないか。そういえば先生には妹がいたはずだから、この際そっちに乗り換えたら？　先生とはタイプが違うらしいけど、歳《とし》は福太と同じくらいで——」

「さっきから何を言ってんだ、お前？」

つい顔が赤らんだ。なんでこいつ、恋愛なんかてんで興味ないような顔をして、こういうところだけ敏感なんだ？

「元太兄ちゃん、ギャクナンって何？」

良太の無邪気な質問に、元太は動じず答える。

「ナンっていうのは、インドのパンみたいなやつ」

「へえ。オレもそれ、食ってみたい！」

「前に作ってやっただろ」

うまい具合に話題が逸《そ》れた。この機を逃すまじと、福太も重ねて訊《たず》ねる。

「兄貴。お袋の昔の友達って？」

「長谷川《はせがわ》さん。『エンジェル楽器』の」

あの人か、と顔を思い浮かべる。「エンジェル楽器」はぎんなみ商店街にある、個人経営の楽器店だ。店主の長谷川美音《みね》はシングルマザーで、学太と同じ学年の中学生の娘が一人いる。音楽と絵本は相性がいいらしく、母親の怜《れい》とは商店街の催し物や子供会の読み聞かせのイベントなどで、よく一緒に活動していたらしい。

「え？　長谷川さん？」学太が麦茶を飲む手を止めた。「そりゃあまた、奇遇だね」

「何が？」

「いや、さっき言ったじゃん。学校で事件が起きたって。その事件の被害者っていうのが、長谷川さんの娘の詩緒《しお》さん」

「被害者？」

一瞬物騒な話かと思い、眉をひそめる。

だがよくよく聞いてみると、大した事件でもなかった。「浜っ子リサイクルアイディアコンクール」という、近隣の中学校を対象にした自治体主催のイベントがあり、それに出品予定だった長谷川家の一人娘の作品が、何者かに壊されたというのだ。

あえて大げさに言えば、「器物損壊事件」といったところだろうか。その作品は出来もよく、受賞すれば実家の楽器店の宣伝にもなる、と当人はかなり意気込んでいたらしい。被害者の詩緒はショックで今も学校を休んでいるそうで、同情はするが、特に人の生死が絡むような話でもない。

「ただ、その作品が保管されていたのが、美術準備室でさ」学太が億劫《おっくう》そうに、「それで僕たち書道部員の誰かが、犯人じゃないかって疑われてるってわけ」

「なんで？　美術室なら、美術部員じゃねえの？」

「うちの書道部、美術部と共同で美術室を利用しているから。で、その作品が壊された時間帯に出入りしてたのが、うちの書道部員しかいないらしくて。それでこの前福太たちが来たとき、マイカ先生から相談を受けてたんだよ」

学太は頭が良く、学校でも秀才で通っているらしい。それで頼られているのだろう。

ふうん、と福太は生返事をするしかなかった。もしまだ母親が生きていたら、知り合いの娘さんのために一肌脱ごう、という話になったかもしれない。だが今では長谷川家と交流があるのは元太くらいだし、わざわざこちらから首を突っ込むこともない。

「あはは。なんだー、この曲。おもしれえ」

いつの間にか良太が、元太の膝の上に移動して、スマホを見て笑っていた。陽気な曲が聞こえる。壊された作品は手作りの楽器らしく、当の長谷川家の娘がそれを演奏する動画が、ネットにアップされていたようだ。

「元太兄ちゃん。今の曲、もう一回」

曲が終わると、良太が元太にねだった。元太は帰りが遅くて会えない日が多いので、早番だった今日はここぞとばかり甘えているらしい。

——だが、なぜか元太は答えなかった。

厳しい眼差しで、動画をじっと見ている。なんだ？　福太も後ろに回り、スマホを覗《のぞ》き込んだ。

画面の中では、色白の可愛《かわい》らしい少女が、小さな木琴のような珍しい楽器を演奏している。

大きさは両手に収まるサイズで、ハート形の板に竹串が左右対称のハープみたいに並べられていた。それを親指で弾《はじ》いて音を出すらしい。素材は板と竹串のみというシンプルさだが、音は素朴で愛らしく、その板の中心に付けられたワンポイントの飾りもいいアクセントになっている。

その楽器がアップになったところで、元太がピッと停止ボタンを押した。

「福太。これ見ろ」

楽器の中心を指さし、低い声で言う。

「この飾り、母親が作ったレジンの宝石じゃないか？」

2

「――怜さんが、宝石を借りた相手？」

タブレットPCの画面の向こうで、寝癖髪の父親がふわあと欠伸《あくび》した。

「ああ。長谷川さんだよ」

福太たちは、海外で単身赴任中の父親に、ネット通話で定期連絡がてら確認をとっているところだった。母親のほうが二歳年上なためか、父親は今でも「怜さん」とさん付けで呼ぶ。

「あれは、どういう流れだったっけな……。そうだ、劇団」

「劇団？」

「怜さん、絵本の読み聞かせグループに参加していただろ。そこで今度、劇をしようって話になって。〈幸福の王子〉だったかな。その話に宝石が出てくるんだが、さすがに本物は出せないから、怜さんがレジンで作ることに――そうだ。確か福太も参加させられただろ、友達と一緒に」

そうだったっけ、と曖昧《あいまい》に首を捻る。昔のことで記憶にないが、〈幸福の王子〉の話なら母親が読み聞かせてくれたので知っている。海外の童話で、心優しい銅像の王子が、貧しくて困っている人々に装飾品の宝石を分け与える物語だ。最後、宝石を与え尽くした銅像の王子がスクラップにされてしまうばかりか、それに付き合ったツバメまでもが力尽きて死んでしまうので、子供心にもひどい話だな、と思ったことは覚えている。

「それで、そのレジンの飾りを作る参考に、わざわざ長谷川さんに本物の宝石を借りたってこと？」と、学太。

「ああ。怜さん、そういうところにこだわるから」

「母さんは、その本物の宝石はどうして失《な》くしたの？」

「本人もよくわからないらしい。飾りは少なくとも劇を終えるまではあったので、失くしたのは劇の後片付けのときか、家に小道具を持ち帰ったあとってことになるが」

「なら、母さんが長谷川さんに間違えて渡した、偽物のレジンのほうは？　そのままあげたの？」

「いや、さすがにそれはな。本物を失くしたわけだし、そこで偽物なんかあげたら、先方の気持ちを逆撫《さかな》でするだけだろ」

「じゃあ、母さんが作ったやつは、今どこに？」

「さあて。どこだったか……」

無精髭《ひげ》のあごを手で撫でつつ、父親は考える。

「あれは——待てよ。ええと、確か——そう。神山《かみやま》さんだ」

「神山さん？」福太たちは顔を見合わせる。「ってあの、『ジュエリー神山』の？」

父親は頷《うなず》く。

「怜さん、知り合いの信用と印税の両方をいっぺんに失くして、ひどく落ち込んでいたんだ。そんなとき、神山さんが見舞いに来てくれてね。そのときに、素人《しろうと》にしちゃよくできてるって言って、ついでに怜さんの手作りアクセサリーをいくつか買っていってくれたんだよ。全部で一万円くらいだったけど、それでも家計の足しになるって、怜さん、とても喜んでたな」

福太の眉間《みけん》に皺《しわ》が寄る。母親は生前、ふとした縁があって神山と親しくしていた。人生相談を持ちかけるほど信頼していたが、あるとき、神山の助言で母親が結婚指輪を売りそうになった事件があり、それ以来福太たち兄弟は彼女をあまり信用していない。

「ちなみにその弁償金って、いくら？」学太が訊く。

「うーん……数十万ってとこかな」

「そんなに？」

「ああ。長谷川さん自身も親にもらったもので、家にあった鑑定書を確認するまでは、そこまで高価なものだと思ってなかったらしい。だから気軽に貸してくれたんだな。とてもうちに弁償する余裕なんてなかったんだが、ちょうどそのとき、怜さんが絵本を出版してね。印税で何とか返せたんだ。全部タダ働きだ、って怜さん、えらく嘆いてたが」

父親との通話を終えると、リビングに重い沈黙が下りた。おそらく事情をまったく分かっていない良太も、三人の兄の真似《まね》をして、しかめっつらで腕を組む。

「……なんで、神山さんに売った母親のレジンが、長谷川さんのところにあるんだ？」

まず最初に、元太が口を開いた。

「神山さんが、しれっとまた長谷川さんに売ったんじゃねえの？」と、福太。

「いや。それならさすがに、長谷川さんが気付くよ、母さんが作ったやつだって。実物を知っているんだから」

学太の反論に、それもそうだな、と福太は頷く。別の形に加工してあるならともかく、こうして動画を見ただけで元太が気付いたくらいだから、おそらく当時のままなのだろう。

そこで元太が、母親が自分の作品を写真に撮って保存していたことを思い出した。形見のノートパソコンからデータを引っ張り出して確認すると、やはり同じものだ。父親が言うには参考にしたオリジナルの飾りもオーダーメイドの一点物だったそうなので、偶然デザインが被《かぶ》るという可能性も低い。

「とすると……あまり考えたくないけど、一つ、嫌な解釈ができるな」

写真と動画を見比べながら、学太が眉間に皺を寄せて呟《つぶや》く。

「嫌な解釈？」と、福太。

「長谷川さんと神山さんが、裏で手を組んでいた、って解釈」

考えるときの癖なのか、学太は愛用の地球儀つきシャープペンシルを手の中でくるくる回しながら、話を続ける。

「つまり、こういうこと。まず、母さんがレジンの作品を完成させ、本物を長谷川さんに返す。次に長谷川さんが、劇のドサクサに紛れてその偽物を盗む。そして後から気づいたふりをして、返却されたほうが偽物だ、とクレームをつけ、盗んだ偽物を母さんに突き返す。人の好《い》い母さんは自分が取り違えたと思い込み、言われるままに弁償金を支払う。

神山さんはきっと、元の宝石の鑑定書作りにでも手を貸したんじゃないかな。値段を吊《つ》り上げるためにね。ただ母さんの手元にいつまでもレジンの偽物を残しておくと、誰かがこの件に興味を持つかもしれないし、鈍い母さんでもいつか真相に気付くかもしれない。だからこのことを完全に闇に葬るため、偽物のほうも買い上げた。それが何らかの理由で娘の詩緒さんの手に渡り、事情を知らない彼女はただのレジンのアクセだと思って、気軽に作品に使ってしまった――」

カシャン、とシャーペンが手から床に落ちた。学太はそれを拾い上げ、また懲《こ》りずに回し始める。

「長谷川さんと神山さん、どっちから持ち掛けた話かはわからないけどね。とにかく、これなら長谷川さんのところに母さんのレジンがある理由が説明つくよ。二人が裏でつながっていたとすればね」

「つまり……お袋が、金を騙《だま》し取られたってことか？」

福太は今一つ飲み込めない顔で、訊き返す。

「そういうことになるね」

「けどよ。お前は覚えてないと思うけど、長谷川さんとお袋、普通に仲良かったぜ？　事件のあとも、何事もなかったかのようによく店に行ってたし」

「あくまで表面上は、だろ。長谷川さんが本心で何を考えてたかなんて、誰にもわからないよ。あそこの楽器店、昔からあまり繁盛してないみたいだし。たとえば資金繰りに困っているときに、母さんが絵本を出版したとか聞いたとすれば――」

「学太」

元太の低い声が、学太の話を遮る。

「これって、詐欺事件として警察に届けられるか？」

室内に、ピリッとした空気が走った。元太の顔をちらりと見上げた良太が、そっと膝から降り、福太の足にしがみつく。普段から何かと忍耐強い兄が、こうした表情を見せるのは珍しい。

学太がごくり、と生唾を飲み込んだ。

「……どうだろう。昔の話だし、まだいろいろ憶測にすぎないから。とにかくまずは、確認してみないと。あの飾りが、本当に母さんのレジンかどうか」

元太をなだめるように言って、学太はスマホを再び手に取る。

「ちょっと待って。今、マイカ先生からもらった現場の写真と比べてみるから。この作品が壊された現場にも少し謎の部分があって、それで相談を受けてたんだけど――」

そこで「あれ？」と学太が首を傾《かし》げた。

「どうした？」

「いや……おかしいな……角度で見えないだけ？　――違う。やっぱりそうだ。間違いない」

ひとしきりぶつぶつと呟いたあと、福太を見て、強張《こわば》った笑みを浮かべる。

「またしても、謎が発生だよ。福太」

「なんだよ？」

「ないんだ」

「ない？　何が？」

「レジン。この現場写真には、さっきの動画にあった飾りが写ってない」

「え？　ってことは――」

そう、と学太は皮肉っぽく口の端を吊り上げた。

「また誰かに、盗まれたんだ」

3

「マイカです」

水曜の放課後、待ち合わせの喫茶店「DA《ダ》・COCONUT《ココナット》」に現れた女性は、そう名乗った。

東南アジア系のチャーミングな顔立ちに、大きな黒い瞳。祖母がタイ人と聞いていたのでその容姿には驚かなかったが、つい目を奪われたのが服装だ。肩ひものないトップスに、太腿《ふともも》むきだしのショートパンツ。今は夏なので特別おかしくもないが、男子校生活の長い福太には目の毒といっていい。

視線のやり場に困っていると、その反応をどう勘違いしたのか、その女性教師はふと思い出したように片手を口に当て、呟く。

「あ。名刺」

ガサゴソとバッグを漁《あさ》り、四角い紙片を手渡してきた。オーダーメイドなのだろう、ファンシーなイラストの入りの可愛らしい名刺には、「銀波中学校　外国語非常勤講師」という肩書の下に、「主井タンサニー」とある。

「ぬしい……タンサニー？」

福太が首を傾げると、相手はにこやかに微笑《ほほえ》み、流暢《りゅうちょう》な日本語で答えた。

「『しゅい』です。『すい』ではなく、『し』に小さい『ゆ』の、『しゅい』。タンサニーはタイでの名前ですが、響きが気に入ってるので、日本の名前にも使っています」

「え？　ってことは……タイでの名前がこっちで、日本での名前がマイカってことですか？」

「いいえ。マイカは、ニックネーム」

……なぜ最初に、ニックネームを名乗った？

「タイの人って、名前の感覚が独特でさ」

困惑する福太に、横にいた学太が耳打ちする。

「本名は長すぎて誰も覚えてないから、普通はニックネームで呼び合うんだって。そのニックネームも本名とは関係なくて、親が好物とか単に発音が気に入ったとか、その程度でつけちゃう感じ」

「——マイカは、これです」

マイカ先生は注文したアイスジャスミンティーのグラスを指さし、

「ジャスミン。日本語で、茉莉花《まつりか》。この漢字はマリカとも読みますが、マイカ、のほうが言いやすいので、カタカナでマイカ、と書いています」

「はあ……」

戸惑い顔で相槌《あいづち》を打つ。このどこか嚙《か》み合わない感じは、タイと日本の文化の違いか、はたまた本人の気質によるものか。ただこの超マイペースな雰囲気が母親を連想させ、決して嫌な感覚ではない。

「それでその、美術準備室で起きた事件ってやつなんですが……」

相手の見た目と性格、どちらにも翻弄されつつ、福太はひとまず本題に入る。今日は元太が仕事、良太が友達の家に遊びに行っていて、この場に同席しているのは福太と学太の二人だけだ。

話は、だいたい学太から聞いていた通りだった。

自治体の環境政策か何かの一環で、市内の中学校などを対象とした、ゴミ問題を考えるためのイベント──「浜っ子リサイクルアイディアコンクール」があった。まず各学校内で優秀作が何点か選ばれ、それが県の美術館に出展されて最終審査を受けるのだが、それに出展予定だった優秀作の一つが、何者かに壊されてしまったという。

その作品を作ったのが、ぎんなみ商店街の老舗《しにせ》楽器店「エンジェル楽器」の一人娘、長谷川詩緒。銀波中学の二年で、学太とはクラスが違うが、同学年だ。

壊されたのは、作品を審査会場に移す前日。夜、生徒たちが帰ったあと、マイカ先生が運送業者を連れて作品の保管場所に行くと、その一つだけが無残な有り様になっていたという。

「その保管場所っていうのが、美術室の準備室でさ」

と、学太が横から補足する。

「前に言った通り、うちでは美術部と書道部が共同で美術室を利用しているだろ。でもその日は、美術部は屋外活動で不在、書道部も休みだったから、使ってたのが僕たち書道部員の一部しかいなかったんだ。それで疑われてるってわけ」

「ん？　休みなら、なんでお前らは美術室にいたの？」

「僕たちは、自主練」

意外と部活熱心だな、こいつ。

「ちなみに人数は、僕も入れて四人。詳しく説明すると、僕たちが部活を始めたのが午後四時ごろで、終了して美術室を出たのが午後七時ごろ。最後に鍵を閉めたのは僕で、鍵は僕が直接職員室に返しに行ったから、その後マイカ先生が配送業者を連れていくまで、誰も中には入れなかった。それにその時間帯、事務員の人がずっと階段の補修作業をしてたんだけど、その人も美術室のあるフロアに行ったのは五人だけだったって証言してる。五人目はもちろん、長谷川さん」

「部活中、誰も作品が壊されていたことに気付かなかったのか？」

「まあね。準備室の出入り口は美術室のベランダ側と廊下側の二か所にあって、保管棚は廊下側にあったけど、僕たちはベランダ側の出入り口を使ってたから。途中には邪魔なダンボールとかもあったし、用がなけりゃわざわざ見に行かないよ」

学太がノートを取り出し、図を描きつつ説明する（図「美術室」参照）。

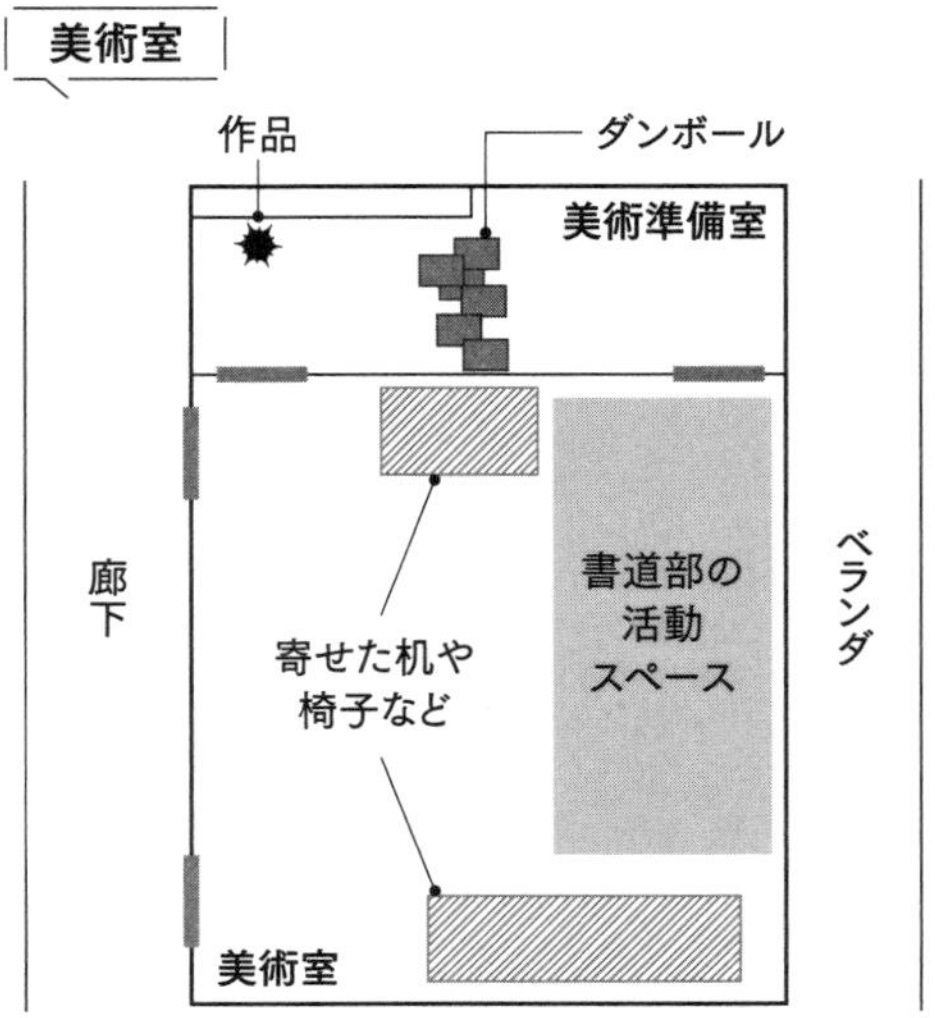

「なら、お前らが来る前から、壊されてたってことは？」

「それもない。ちょうど僕たちが練習を始めたころ、長谷川さんが作品の最終チェックに来たから。出展前に、ちゃんと音が出るかどうか確認をしたいって——ほら、彼女が作ったのは楽器だから。

それに、自主練してた四人の書道部員のうち、一人が長谷川さんの親友なんだ。井戸木《いどき》っていう二年の女子で、彼女も長谷川さんと一緒に確認に行ったし、準備室から楽器を弾く音も聞こえてたから、そのときまで無事だったことは確かだよ」

時間も容疑者も、限定されるってわけか。まあ、「容疑者」なんて呼ぶほどの事件でもないが――ただ、もしその中に母親のレジンを盗んだ張本人がいて、そいつが昔の宝石紛失事件と関わっていたとすれば、れっきとした「容疑者」だ。

「ただ、もう一つ。この現場には不可解なことがあって――」

「イノジです」

と、マイカ先生が口を挟む。

「イノシシ?」

「いいえ。漢字の井戸の『井』で、井の字。準備室の床には、串が井の字の形に並べて置かれていたんです。焼き鳥専門店で使うような、平たい串が」

「焼き鳥の串で……漢字の『井』?」

なんだそりゃ、と心中突っ込みを入れる。そもそもなぜ、焼き鳥の串なんか……ああ、「リサイクル」だからか。

学太が話を続ける。

「まあ普通に考えたら、犯行を目撃した誰かが、犯人を教えるために残した告発メッセージ、ってことになるんだと思うけど……」

「告発って……だったら、直接口で言やあいいだろ。『こいつが犯人です』って」

「名乗りたくない理由なんて、いくらでも考えられるよ。犯人に逆恨みされたくないとか、チクリ魔みたいに思われたくないとか。その後の学校生活もあるんだしさ」

それもそうか、と考え直す。同じ部活仲間が犯人なら、自分が密告したと知られるのは確かに気まずい。

「つまり犯人は、名前に『井』がつくやつってことか？」

「かもね」

「だったら簡単じゃねえ？　その自主練していた書道部員の中で、『井』がつくやつを探せばいいだけじゃん。あ、そういやさっき、『井戸木』って——」

「無理。絞れない」

「あ？　なんで？」

「全員、『井』がつくから」

「はあ？」

学太がノートの次のページに、何やら名前を書き出す。

「これが当時、一緒にいた部員の名前なんだけど——」

それを見て、福太の目が点になった。

井手《いで》、井角《いすみ》、井戸木。

「おいおい、待てよ。そんな偶然——」

「偶然でも何でもないよ。このグループ、もともと自分の名前の『井』が上手《うま》く書けないってことで、集まったグループだから」

「はい？」

学太が言うには、もともと『井角あいみ』という二年生が、名前が上手く書けないことを『井手走華《そうか》』という三年生の先輩に相談したことから始まったらしい。そこに同じ『井』のつく『井戸木生真子《きまこ》』が参加し、今のグループが出来上がったということだ。

「『井』の字のバランスって、結構難しいからね」

学太が知った顔で言う。書道部らしいっちゃあらしいか、と福太はひとまず納得しつつ、ふと疑問を抱く。

「あれ？　でも学太。ならなんで、お前もこのグループにいるの？　お前、『井』なんてつかねえじゃん」

「僕は、指南役」

シナンヤク……字を教える側ってことか。

ひとまず状況はわかった。だがこれだけでは情報は不十分だ。なぜなら自分たちが探しているのは「作品を壊した犯人」ではなく、「飾りを盗んだ犯人」だからだ。

「あー、ところで……」

そこで福太はおもむろに、準備していた質問を切り出す。

「その部員たちの中で、金銭的な問題を抱えている生徒っていますか？　親がリストラされた、とか」

「金銭的……ですか？　さあ……。私は担任ではないので、そこまでわかりませんけど……」

すると学太が足を踏んできた。なんだよ、と見やると、「余計なことを言うな」とでも言いたげに睨《にら》んできている。なんでだよ……俺たちが探すのは宝石の窃盗犯だろ？　だったら金に困ってるやつを洗い出すのが、手っ取り早いんじゃねえの？

「とにかく……そのせいで、書道部は今とても雰囲気が悪いです」

ストローでグラスの氷をカラカラ混ぜながら、マイカ先生が憂鬱そうに呟く。

「長谷川さんも、事件からずっと休んでいますし。誰が犯人で、誰が告げ口したのか。みんなが噂《うわさ》し合って、ギスギスギスギス……イヤですね。私、生徒にはいつも明るく楽しく、仲良しでいてほしいです」

その表情に、母親の面影がふと重なった。そういやお袋、俺たちが喧嘩《けんか》するたびに「仲良しが一番！」って割って入ったっけ。

「先生は……生徒が、好きなんですね」

「はい。でも、ずっとこのままの感じが続くと、ちょっと嫌いになりそう。楽しい職場じゃないと、辞めたくなります」

少し期待していた答えと違った。この一筋縄でいかない感じも、やはり母親を彷彿《ほうふつ》とさせる。

「ま、そういうわけで、福太」

話を切り上げるように、学太が早口で言った。

「マイカ先生を辞めさせないためにも、事件の解決に協力してよ。福太は知力のほうはともかく、発想力はなかなかだからさ。『三人寄れば文殊《もんじゅ》の知恵』ってやつ」

4

「……どうして焼き鳥の串、なんだ？」

サウナで、引き締まった体に玉の汗をかきながら、元太が言った。

ぎんなみ商店街の外れにある、「SPA《スパ》 GINNAMI《ギンナミ》」。スパと言っても、昔ながらの銭湯を今風にリフォームした程度だが、料金は手ごろだし、しっかりしたサウナもあるので、兄弟でよく利用している。

「あの楽器、竹串を使ってただろ。あの竹串が、商店街の焼き鳥店のものらしい」

「焼き鳥店って……『串真佐《くしまさ》』か？」

「たぶん。テーマがリサイクルだから、店で使用済みの竹串をもらって再利用してたんだとさ。で、告発者はそれを使って、メッセージを残した、と」

「だから、どうして串でメッセージを？」

「学太が言うには、筆跡を誤魔化《ごまか》すためじゃないかって。手書きだと書き癖でバレるだろ。特に書道部の部員相手なら」

「ふうん……」

元太は減量中のボクサーみたいにタオルを頭に載せて、真顔で呟く。

「なるほどな。そういえば前の事件でも、焼き鳥の串が絡んでいたな。この商店街には、何かそういうジンクスでもあるのか？　悪いことをすると、焼き鳥の串の天罰が下るとか」

「いや……ただの偶然だろ」

兄貴のジョークはわかりづれえな、と思いながら福太は答える。先日起きた、「袴田商店《はかまだ》」の事件のことが頭にあるのだろう。そこでも焼き鳥の串が残されていたので、元太なりに茶化しているのだ。

「きゃはー！」

奇声を上げて、サウナ室にフルチンの良太が飛び込んできた。億劫そうな顔で、腰にタオルを巻いた学太も入ってくる。狭いサウナ室なので、四人も入ると途端に窮屈感が増す。

「元太兄ちゃん！　福太兄ちゃん！」

良太は元太と福太の間に割り込むと、兄たちに向かってピースならぬ三本指を立てて、勇ましく宣言する。

「オレ、今日さんぷん挑戦する！」

「ダメだ。二分まで」

良太は一応、ここのサウナの年齢制限はギリギリ超えている。それで兄たちを真似して入ってくるのだが、体への影響を考え、上限は二分と決めている。

やれやれ、といった調子で学太が元太の横に座った。細身で筋肉質の元太と並ぶと、学太の体の生っちろさが一層際立つ。

「……なあ、学太」

「なに、福太？」

「お前なんで、あのとき俺の足を踏んだんだよ。そんなに変なこと訊いたか、俺？」

ずっと気になっていたことを訊ねた。もしあれを盗んだやつがいるとすれば、そいつはきっと金に困っていて、あの飾りを高価なアクセサリーと勘違いして盗《と》ったに違いない——そんなふうに、自分なりに考えた上での質問だったのだが。

学太はタオルで顔を拭って、答える。

「まあ、質問自体がちょっと唐突で不自然だった、っていうのはあるけど、それは別にいいよ。問題は内容より、訊いた相手」

「訊いた相手？」

「確かに作品を壊すことができたのは、あのとき美術室にいた僕たち書道部員の四人だ。でも盗むことができたのは、それだけじゃない。だって僕たち以外にも、もう一人、事件の発覚直前に準備室に入った人物がいるんだから」

学太が何を言いたいのか、すぐにはわからなかった。鼻の頭に汗をかきつつ考えたのちに、はたと気付く。

「お前、まさか……マイカ先生を、疑っているのか？」

「第一発見者を疑え、だよ」

学太が抑揚のない口調で答える。

「配送業者と一緒に入ったマイカ先生には、作品を壊すことはできないかもしれない。でも、業者の目を盗んで飾りを掠め取ることはできるだろう？」

「いや……でも、だからといって、なんで先生が……」

「福太は、主井地所《しゅいじしょ》って知ってる？」

「主井地所？　――ってあの、このへんの大地主の？」

「そう。先生の実家、そこなんだよ。タイ人のお祖母さんが、そこの会長に好かれて結婚したらしい。主井って、珍しい苗字《みょうじ》だろ。大昔、このへん一帯の井戸の持ち主だったから、その名がついたって。だから先生、気前がいい代わりに、お金の遣いかたも荒いみたいでさ。喫茶店も全部先生のおごりだったじゃん」

「実家が金持ちなら、別に荒くてもよくね？」

「それが、そのお祖父《じい》さんが、かなりのケチらしいんだよ。孫なのに贅沢《ぜいたく》させてくれない、って、先生、いつも愚痴を言ってるから」

　生徒に愚痴る話じゃねえ、とつい突っ込みたくなった。この世間体に囚《とら》われない感覚も、やはり母親のそれに近い。

「レジンの飾りなんて、盗んだってそんな大した金にはならねえだろ」

「レジンならね。でももし先生が、あれを本物の宝石と勘違いしていたら？」

「リサイクルのコンテストに出す作品なんかに、まさか本物の宝石を使ってるとは思わねえだろ。それに先生、金持ちなんだろ？　だったらそのへんの目は肥えてるんじゃねえの」

「それはまあ、その通りだけど……」

　疑《うたぐ》り深い顔で考え込む弟を見て、福太はやや呆《あき》れる。さすがにそれは勘繰りすぎだろう。確かにあの先生も「井」がつくといえばつくが……学太は頭の回転が速い分、余計なことまで考えすぎて、結果空回りに終わることも少なくない。

「その字って、本当に漢字の『井』だったのか？」

元太が訊いてきた。学太は顔を上げ、ゴシゴシとタオルで首回りをこする。意識的に置かないとああはならないから、『♯《シャープ》』とか『＃《ハッシュ》』ではないよ」

「うん。僕も確認したけど、竹串は縦横きっちり直角に置いてあった。意識的に置かないとああはならないから、

「けどよ」福太はタオルを腰から頭に移しつつ、「どうして告発者は、『井』だけで止めたんだ？　どうせなら犯人の名前、全部書けばよかったじゃねえか」

「確かに、そこも謎なんだよね……」学太が再び考え込む。

「串が足りなかったんじゃないのか？」元太が訊ねる。

「いや。あの楽器は二十四音だったから、竹串も二十四本あったはず。僕たちの中でそこまで画数の多い苗字はないから、書こうと思えば書けたはずだよ。もし足りないとしても、最悪折ればいいんだしね。実際折られた竹串も、脇に捨ててあったし」

福太は部員たちの名前を思い出した。「井手」「井角」「井戸木」……ついでに「木暮」も、確かに本数的には足りる。

「あと、もう一つ気になるのは、墨汁《ぼくじゅう》に残った跡」

「墨汁に残った跡？」

「学太も見ただろ、あの現場写真。まるで殺害現場の血みたいに、墨汁が飛び散っててさ」

ああ、と福太は思い出す。楽器は床に叩《たた》きつけるように壊されていたばかりか、墨汁までぶちまけられていた。いかにも怒りに任せた、といった感じの壊し方で、あれを見るとやはり怨恨《えんこん》の線が強い気がする。

「あの『井』の字の竹串、目立つように床の墨汁の上に置かれていたけど、その墨の上からいく

つか竹串を取り除いたような跡もあったんだよ」

「つまり……どういうことだ？」

「告発者は串で『井』を書く前に、一度別の字を書いたってこと。その墨の跡に、一か所、人偏っぽく見える部分があるんだよね。あれってなんなんだろう？」

よく観察してるな、こいつ。福太は負けじと記憶を振り絞る。確か「井」の字は、円形に広がった墨の上寄りの部分――「井」は上下左右どこからも読めるので、正確な上下はわからないが――にあった。下寄りの部分に串はなかったが、上寄りの部分も含めて、墨の黒地全体にはうっすら線状の跡のようなものが残っていた。言われてみれば、あれは「井」の字の前に何か別の字、それも複数の字の形で串を置いた跡、とも見える（図「井の字と墨の跡」参照）。

井の字と墨の跡

「最初は下の名前を書こうとしたんじゃないか？『仁子《じんこ》』とか」元太が言う。

「ううん。彼女たちのフルネームは、井手走華、井角あいみ、井戸木生真子……どれも人偏なんてつかないよ」

人偏のつく漢字か。福太は天井を見上げる。体、休、仇……部首だけ言われると意外と出てこないが、少なくとも部員の名前とは関係ないようだ。

「ぷはあーっ！」

フグのように頬を膨らませていた良太が、大きく息を吐き出した。うーとうなり声を立てながら、足をジタバタさせる。そろそろ二分……限界か。

良太が足で蹴り飛ばしたタオルを学太が拾い、ぺいっと投げ返す。

「お前、もう出ろ。顔が真っ赤《まっか》だぞ」

「ヤだ！　オレも一緒に考える」

「無理だって。お前もう、フラフラじゃんか。ちょっと立って、バランスとってみろよ」

そう毒づいた学太が、いきなりハッと目を見開いた。

唐突に立ち上がる。はらりとタオルが腰から落ちたが、今は考えに気を取られているのか、隠そうともしない。

「そうか――バランス！」

「バランス？」

学太がタオルを拾い、出口に向かって駆け出した。「学太に勝ったー！」という良太の勝どきの声を背に、福太は良太を元太に任せ、学太を追ってサウナを出る。学太は体も拭かずに脱衣所に向かうと、ロッカーを開けて自分のスマホを引っ張り出した。背後から覗き込むと、例のマイカ先生からもらったという現場写真を確認している。

「……やっぱり」

「どうした？」

「人偏だよ。最初は漢字の人偏かと思ったけど、それにしては斜線と縦線のバランスが悪い。これは字体の問題じゃなく、文字種が違ったんだ。これは漢字の部首じゃなくて、カタカナの『イ』だ」

現場写真の一部を拡大し、こちらに見せてくる。いわれてみれば確かに、墨にほのかに浮かぶ斜めの線が、人偏というよりイの傾斜に近い。目の付けどころがやはり書道部か。

「ってことは——」

「告発者は一度、カタカナで犯人の名前を書こうとした、ってこと。考えてみれば当然だよね。イデ、イスミ、イドキ——串で書くなら断然、カタカナのほうが書きやすいし」

ガーッと、脱衣所の扇風機が風を送る。学太は髪を毛筆のように宙にそよがせつつ、呟いた。

「——なんでわざわざ、カタカナを漢字に書き直したんだろう?」

5

「私、長谷川さんとあまり面識ないんですよね」

そう言って、ブルーのトレーニングウェアを着た女子が苦笑いをする。

翌日の木曜早朝、河川敷のランニングコース。

話しているのは、例の書道部員の容疑者の一人、三年の井手走華だ。やや大人びた、中性的な顔立ちでショートカット、すらりと背も高いので颯爽《さっそう》としたトレーニングウェアが似合っている。書道部というより陸上部のエースといった趣がある。

彼女が早朝のランニングを日課にしているというので、福太たちはその通学前の時間帯を利用し、ヒアリングの約束を取り付けたのだった。名前通り、土手を走るのが好きらしい。ちなみにまだ出勤前ということで、今回は珍しく元太もいた。また良太も駄々をこねたので仕方なくつれてきたが、案の定起きるには早すぎたようで、今は元太の背中で眠っている。

「長谷川さんとは学年も違うし、部活の後輩でもないしで、全然接点がなくて……。だから今回のことも、誰が何のためにしたのか、まるでわからないっていうか」

「長谷川詩緒さんが、誰かから恨みを買っていた、ってことは？」

「どうなのかな。学年が違うから、よくわかりません」

「井戸木生真子さんは、長谷川さんの親友だって聞いたけど……」

「みたいですね。校内でよく一緒にいるところは、見かけます。普通に仲よさそうですよ」

福太の問いに、井手走華はサバサバした口調で答える。見た目通り、さっぱりとした性格のようだ。男友達と話しているような感覚で、福太としては話しやすい。

「なら、井角あいみさんは？　彼女も、長谷川さんと仲良かった？」

「あの子は……」井手走華は少し口ごもり、「仲は……どうなんだろう。昔は悪くなかった、って聞いたけど。何かをきっかけに、ちょっと関係がこじれたみたいです。なんだっけな……。あ、そうだ。アクセサリー」

「アクセサリー？」

良太をおぶっていた元太が、低い声で反応する。

「あ、はい」

彼女の声が、若干上ずる。

「あの子、アクセ作りの趣味もあって。それで、長谷川さんの持ってるアクセを借りようとして、断られたとかなんとか……。詳しくは知らないですけど」

「もしかして」福太はスマホで例の演奏動画を見せる。「そのアクセサリーって、この長谷川さんが作品に使ってたやつ？」

井手走華は動画を見て、首を傾げる。

「さあ……わかりません。もともと私、アクセとかあまり興味ないんで。っていうか、家でそんなものつけたら普通に折檻《せっかん》されるし。色気づくなって」

「折檻？」

「うちの親、躾《しつけ》に厳しいんで」

彼女は軽く笑って肩をすくめると、

「木暮のところは、いいよね。家族みんな仲良さそうで。私も弟とは仲いいんだけどさ」

「いや、まあ……」

学太が困った顔をする。井手走華はフフッと笑うと、上半身を捻り、軽くその場で足踏みを始めた。

「とにかく……アクセのことなら、あいみに直接聞いてください。たぶんあの子、あとから走ってくると思うんで」

「え？　井角さんと毎朝一緒に走ってるんですか、先輩？」学太が訊く。

「ううん。っていうか——」

井手走華はウォーミングアップを終えると、走り出す体勢を取りつつ、ちらりと苦笑を見せた。

「あの子、私のストーカーだから」

「え？　私が、走華先輩のストーカー？」

井手走華の予言通り、まもなくピンクのトレーニングウェアを着て現れた「あいみ」――井角あいみは、福太たちからそれまでの事情を聞き、一瞬硬直した。

だがすぐに相好を崩して、おかしそうにくすくすと笑う。

「やだな。真に受けないでください。それは、先輩の冗談です。走華先輩、ああ見えておふざけが好きだから。確かに先輩、格好良くて好きですけど。それはただ、普通に憧れの先輩っていうか……」

冗談かよ、とつい脱力した。男子校生活が長いため、そのへんの女子の感覚は良くわからない。

学太がやや腑《ふ》に落ちない顔で、首を捻る。

「でも井角さん、早朝ランニングするほど運動好きだっけ？」

「これは、書道パフォーマンスのため」

井角あいみはにこやかに笑って、

「踊りながら字を書くのって、意外と体力使うから。私って体力ないから、走華先輩が毎朝走ってるって聞いて、そうだ、私も真似しようと思って、始めたところ」

「書道パフォーマンス？」

福太が訊き返すと、学太は「ん？」という顔をする。

「福太のときはなかった？　秋の文化祭で、書道部がやるやつ。カーテンみたいに大きな書道用紙に、音楽に合わせて踊りながら字を書くんだよ。正月番組とかでよく見るだろ。井角さんは、その振り付けチームのリーダー」

そういやそうやってたな、そんなやつ。福太は懐かしく中学時代を思い出す。――といってもまだ、数年も経《た》っていないが。

「福太兄ちゃん、福太兄ちゃん」いつの間にか目を覚ました良太が、井角の頭を見て、ひそひそ耳打ちしてきた。「あの髪、羊みたい」

井角あいみの、頭の高い位置で二つ結びにした、羊の角《つの》のように毛先がカールした髪型を言っているらしい。本人も自覚しているのか、ピンクのウェアの胸元には、羊や牛など角付きの動物を模したアクセサリーが付けられている。

話が聞こえたのか、彼女はニコッと笑うと、「羊さんだよー」と言って自分の頭を良太に向かって突き出した。良太が逃げながらキャッキャとはしゃぐ。

「……でも、そんな努力も、無駄になるかも」

明るく良太をあやしていた井角あいみが、ふと翳《かげ》のある表情を見せた。

「無駄？　どうして？」

「私、書道部を辞めるかもしれないので。今回のことで、私がいると部全体のイメージが悪くなっちゃうし。書道部のみんなも、前より私の言うことを聞いてくれなくなった気がするし」

「今、一番犯人だって疑われてるのが、井角さんなんだよ」

学太が補足する。井角あいみはしゃがんで良太のパンチを手で受けながら、自嘲気味に呟く。

「違うって言っても、誰も信じてくれなくて。でも、それはそうですよね。あんなメッセージが残ってたら。みんな私を疑うにきまってるし。先輩にはそんなことする理由もないし、みんなは私と詩緒が、仲悪いって思ってるから」

詩緒？　――ああ、「長谷川詩緒」か。

「悪いんですか？　仲」

「私のほうは、別に……。ただ、詩緒のほうは、どう思っているか」

井角あいみは大ぶりなため息をついて、

「あの子が何を考えているのか、私にはよくわからなくって。っていうか、あまり私に関心がないのかも。この前会ったときなんか、名前忘れられてたし。そういうのがちょっと、私も頭にきて、少し冷たく当たったことはあります。それでみんなに、『仲悪い』って思われてるみたいで……」

「そういえば、アクセサリーが原因で喧嘩した、って聞いたけど」

元太が口をはさんだ。井角あいみは「あっ、はい」と一オクターブ高い声で返事すると、慌てるように立ち上がって髪を指でいじり出す。

「喧嘩ってほどじゃないですけど……。私、アクセ作りの趣味があって」

ジャージの胸元に手をやり、ビーズでできた牛のアクセサリーを見せる。

「私の母親、音楽関係の学校に勤めてて、よく母親と一緒に『エンジェル楽器』に行ってました。そのうちに、詩緒と仲良くなったんです。それで詩緒の部屋に遊びに行ったとき、よくできた手作りのアクセサリーを見つけて。その作り方を知りたくなったので、詳しく聞こうとしたんです。けれど詩緒、笑ってごまかすだけで、どうしても教えてくれなくて。だから私、なんか嫌な気分になっちゃって、そこからちょっと関係が気まずくなったっていうか」

「そのアクセって、もしかしてあの作品に付いていた？」

「はい」元太の問いに、井角あいみはしおらしく目を伏せつつ、「最初作品を見たときは、私も

『え?』って思いました。私への当てつけかな、って。まあ詩緒のことだから、単に忘れてるだけかもしれないと思って、流しましたけど」

福太たちは互いに目配せする。ようやく少し、母親のアクセサリーにつながる情報が出てきた。

「ところで……」福太はいよいよ本命の質問を切り出す。「事件のあと、そのアクセの飾りがなくなってるんだ。井角さん、心当たりねえかな?」

「え? なくなった?」井角あいみはきょとんとした顔で、「詩緒が、持ち帰ったんじゃ?」

「ううん」と学太。「マイカ先生が発見したときには、もうなかったって。証拠の写真もある」

「そうなんだ。マイカ先生が勝手に持っていくはずないしね。誰が持って行ったんだろう……」

指先まで伸ばしたジャージの袖を口に当て、小首を傾げる。ややあざとい気がするが、それが素の反応なのか白々しくとぼけているだけなのかは、悲しいかな女子慣れしていない福太には判別がつかない。

「アクセといえば……」

井角あいみがふと思い出したように、

「そういえば、キッコもアクセ好きですよ」

「キッコ?」

「井戸木生真子。詩緒の親友です。キッコの家、親が教育関係者で厳しいんですけど、それに反発してるのか、学校で禁止されているアクセをよくこっそりつけてきてて。最近は落ち着いたけど、一年のときなんかは毎日違うアクセサリーを持ってきてました。走華先輩にもプレゼントしてたみたいです」

「井手走華さんに？」

「はい。先輩、女子に人気ありますから」彼女はふふっと微笑み、「もしかしたら、キッコは本気で好きなのかも。学校でもずっと付きまとってるし」

「あれ？　でも彼女って、長谷川さんと仲いいんじゃ……」

「はい。だから私も、忠告したんです。そんなに先輩にべったりだと、詩緒がやきもち焼くよ、って。あくまで冗談っぽく、ですけど。そしたらキッコ、真剣に困った顔をしたので、あっこれ、たぶん本気だな、って――」

返事に困った。そのやきもちは友情……それとも、それ以上の何かなのだろうか。女子の距離感はよくわからない。

「でも、キッコもちょっと可哀そうなんですよね」井角あいみは同情の顔つきで、「詩緒、ああ見えて、結構束縛が強いみたいなんです。キッコも詩緒の前では、すごい気を遣ってる感じだし。詩緒がお姫様で、キッコはそのお付き、みたいな」

「……その子と長谷川さんって、本当に親友なの？」

福太が訊くと、井角あいみは困ったように目を逸らして半笑いし、ジャージの袖で口元を隠した。

「それは、私の口からは、なんとも」

「えっと――井戸木生《いとぎ》真子さん、だよね？」

「イドキ、です」語尾が消え入るような声で、訂正が入る。

「あ、ごめん。あまり聞かない苗字だから」

「あっ、い、いえ。だ、大丈夫です。詩緒にも、よく間違えられますし。っていうか、みんなあだ名で呼ぶから、苗字をちゃんと覚えててくれるのは、部活の人くらいで……」

所変わって、駅前の自然公園のベンチ。時間は夕方だ。今日は書道部の休みの日なので、井戸木が塾に行く前の時間を利用して、話を聞かせてもらっている。

井戸木生真子はまさに名前の通り、生真面目《きまじめ》そうな丸眼鏡をかけた、小柄な女子だった。あまり洒落《しゃれ》っ気はなく、髪はおかっぱに近い黒髪、さらには前髪をピン留めして広いおでこを出している。制服のスカートも野暮ったいまでの長さで、まず校則を破るようなタイプには見えない。

事件について聞き始めると、井戸木生真子は蚊の鳴くような声でたどたどしく応じた。前の二人とは違い、やや緊張しているようだ。こちらが年上で、男性だからだろうか。ちなみに元太は今日は休みをとり、同席している。良太は友達のところに遊びに行っているので、幼い良太がいない分、より圧迫感が強いのかもしれない。

「じゃあ、井戸木さんも、犯人に心当たりはないんだ？」

「は、はい」

「あの『井』のメッセージについては？　井戸木さんは、どう思う？」

「あ、えっと……わかりません……」

「今、井角あいみさんが一番疑われてるんだってね。もし、彼女が長谷川さんを恨んでいるとしたら、どんな理由があると思う？」

「え、え？　理由、ですか……？　なんだろう……。詩緒が、可愛いから……？」

やりにくい。緊張で喉が渇くのか、会話の合間にしきりにペットボトルの水を飲む井戸木生真子を見て、男三人で来たのは失敗だったかなと思う。別に嘘《うそ》はついてなさそうだが、萎縮するあまり、冷静な受け答えができないようだ。彼女への聞き込みは学太一人に任せるべきだったかもしれない。

学太に視線を送ると、察して代わりに話し始めた。

「ちょっと話が逸れるけど……井戸木さん、知ってた？　事件のあと、あの作品に付いてた飾りがなくなったって」

井戸木生真子は一度水をグビリと飲み、

「……飾りって、あのレジンの飾り？」

「そう」

「嘘。あれ、なくなったの？　詩緒が持ち帰ったんじゃなくて？」

「うん。マイカ先生が発見したときには、もうなかったみたい」

「そうなんだ……。そのこと、詩緒は？」

「わからない。長谷川さん、あれから学校来てないから」

ふうん、と井戸木生真子が呟き、そこで初めて気づいたように眼鏡のずれを直した。話し相手が学太に代わり、少し落ち着きを取り戻したらしい。

「そうか……。そのことを知ったら詩緒、もっと落ち込むと思う。理由は知らないけど、あの飾りをすごく大事にしてたから。詩緒の家、今はそれでなくても大変だしね。楽器は売れないし、前のお父さんが作った借金はあるし、ほかにもいろいろ」

「二人目？」

「うん。木暮くんは知らない？　詩緒の二人目のお父さん」

「前のお父さん？」

「結婚はしてないから、正式な父親じゃないんだけどね。詩緒が小学生のころ、お母さんがお店の常連さんに口説かれてしばらく一緒に暮らしたけど、すぐに別れたって。

どうもその人、ＤＶやモラハラがひどかったみたいで。だから詩緒、お母さんが別れてくれたときは、すごく嬉《うれ》しかったって言ってた。ただその人、お店の名義で勝手に借金までしてて、それが別れたあとに発覚して、今も返済に苦しんでるみたい」

福太たちは目を見合わせる。長谷川家の母娘は思った以上に苦労人らしい。気の毒に思うと同時に、芽生える疑惑が一つ――その当時、長谷川家はかなり金銭的に困窮していたはずだ。

「だから今、詩緒は家のことで頭がいっぱいで。井角さんが詩緒のことといろいろ言ってるけど、そもそも詩緒に、井角さんのことなんて気にしている余裕はないんです。今回のことだって、詩緒にはどれだけショックだったか……。詩緒、これが少しでもお店の宣伝になればって、すごい張り切ってたし。最後のチェックのときも、一本どうしても音が外れてるって何度も調整してたんです。結局直せなかったみたいだけど」

井戸木生真子はだんだんと声を昂《たかぶ》らせつつ、

「だから私、犯人のことは本当に許せない。必ず見つけて、詩緒にしたことをちゃんと謝らせたいです。それが井角さんだろうと――井手先輩だろうと」

「でも……井角さんはともかく、井手先輩に壊す理由はないんじゃないかな？　長谷川さんとは、全然接点ないんだし」

学太の反論に、井戸木生真子は少し考え込むような顔をした。

「全然接点がない……ってことは、ないと思うけど」

「え、なんで？」

「確かに詩緒のほうは、井手先輩のことは知らないと思う。でも先輩は、少なくとも詩緒のお母さんのことは知っている……はず」

「どうして？」

「前に、準備室にあった詩緒の作品を見て、先輩言ってたから。『さすがあそこの店は、ゴミを偽装するのが上手いなあ』って」

「ゴミを偽装？」

井戸木生真子の話によると、井手走華の母親は昔、長谷川の楽器店で粗悪品を摑《つか》まされたことがあるらしい。それで井手の母親はそのときのことをずっと根に持っていて、今でも「騙された」と娘の走華に愚痴っているという。

「それって楽器の話？」

「わからないけど、たぶん。とにかく、井手先輩のお母さんと詩緒のお母さんはお互い顔見知りで、そのことを先輩が知っていたことは確か。だからまったく接点がないっていうのは、嘘だと思う」

再び福太たちは目配せし合う。それってつまり——俺たちの母親以外にも、長谷川家にカモにされた被害者がいるってことか？

「そういえば」と、初めて元太が口をはさんだ。「井角さんから、井戸木さんはアクセを集めるのが趣味だって聞いたけれど、本当かな。井手さんにもプレゼントしたとか」

すると井戸木生真子の手から、つるりとペットボトルが滑り落ちた。

元太の顔を凝視する。それから自分の空っぽの手を見て、「あ、あ」と慌てながら草むらに落ちたペットボトルを拾い上げた。

「べ、別に、井手先輩だけってわけじゃ……！　いつも、お世話になってるから、あげただけで……！　ほかの子にも、あげてましたし……！」

――なんだ？　この慌てよう。

井戸木生真子は動揺を誤魔化すように、ごくごくとペットボトルを飲み干す。ぐいと口元を袖で拭き、空のペットボトルをメッシュのゴミ入れに放り込んだ。ベンチに置いたカバンを掴み、学太に向き直って言う。

「もういい？　木暮くん。私、そろそろ行かなきゃ。もうすぐ塾始まるし」

「え？　あ、う、うん……」

井戸木生真子はぺこりと一礼すると、そのまま公園を走り去っていった。福太たちはその後ろ姿を、やや唖然《あぜん》と見守る。

6

「つまり……どういうことなんだ？」

ラーメンをすすりながら、元太が訊く。

「井手先輩にも、一応壊す動機はあったってこと。具体的には、昔母親が騙されたことへの意趣返し……かな」

湯気で眼鏡を曇らせながら、学太が答える。

「でもよ」福太はメンマを箸でつまみつつ、「彼女、弟とは仲がいいって言ってたぜ。ってことは、裏を返せば、親とは仲が悪いってことだろう？　それなのに、わざわざ母親のためにそんなことをするか？」

「なら、母親に命令されたとかじゃないかな。親に折檻される、とも言ってたし」

「ほかの二人はどうなんだ？　動機はないのか？」と、元太。

「井角さんは……まあ、長谷川さんの自分への態度が気に入らない、っていうのはあると思うけど。井戸木さんは、長谷川さんに井角さんのことを気にしている余裕なんてない、って言っていたけど、それは井角さんからすれば、無視されているも同然だし。

井戸木さんはよくわからないけど……ただ、井角さんが最後に言ったセリフが、少し気になるな」

「『私の口からはなんとも』ってやつか？」

「うん。言われてみれば、あの二人、対等な友達というよりは、井戸木さんのほうが長谷川さんにすごい気を遣っている感じに見えるんだよね。アイドルとそれを崇拝するファン、というか」

「けど、井戸木生真子さんって、井手走華先輩のファンなんじゃねえの？」

「うーん、どうなんだろう。確かに部活のときは、いつも先輩のそばにいるけど……」

珍しく歯切れが悪い。賢い弟も、女子の複雑な心理についてはお手上げのようだ。

「その井戸木生真子さんって子だが……俺がアクセサリーについて質問したとき、少し態度が怪しくなかったか？」

元太の言葉に、ああ、と福太も井戸木生真子の慌てぶりを思い出した。確かにあの反応は、あからさまに変だ。

学太は少し困った顔で元太を見る。

「あれは、元太が悪いよ。いや、元太は何も悪くないんだけど……」

「どういう意味だ？」

「あれが、訊かれた内容への反応なのか、それとも元太みたいなイケメンに声をかけられた女子一般の反応なのか、僕には判断つかないってこと。井手先輩も井角さんも、元太が質問したときは似たような反応返してたじゃん。それが井戸木さんはたまたまオーバーだっただけかもしれないから、僕も解釈に困っちゃって……」

なるほど、そういう問題もあるのか。むしろ元太がいたほうが、女子の好感度が上がって話しやすくなるとまで思っていたが——そう単純な話でもないらしい。

「なんだなんだ。ゲンの野郎、また女を泣かせたのか？」

カウンター越しに、ねじり鉢巻きの店主がにやけ顔を突き出す。ぎんなみ商店街の新参ラーメン店「ラーメン藤崎《ふじさき》」の店主、藤崎勝男《かつお》。隣にある老舗乾物店のせがれで、元太の高校のときの部活の先輩でもある。

藤崎の太い腕がぬっと伸び、福太たちの前に小鉢が置かれた。「これも、新作のつまみ」そう言い残し、またいそいそと厨房《ちゅうぼう》に引き返していく。

福太たちは、店主の新メニューの味見に付き合わされているのだった。客足が伸びないことに悩み中の店主はメニューの開発に熱心で、今日も良太を迎えに行った帰りに商店街を歩いていたところを呼び止められ、店に連れ込まれた次第である（なので、今は良太も一緒にいる）。

学太が小鉢から半透明のものを箸でつまみ上げ、首を傾げる。

「なんだろう、これ……塩クラゲ？　どうせならラーメンの具にすればいいのに」

「話を戻すけどよ」福太は味の薄い塩クラゲをくにくに噛みつつ、「正直、壊す動機とかはどうでもよくねえ？　俺たちが探してるのは『壊した犯人』じゃなくて、『盗んだ犯人』なんだし」

「まあね」学太は恐る恐る塩クラゲを口に入れつつ、「でも壊す理由は、そのまま盗む理由にもなるから。井手先輩なら、仕返しに長谷川家の娘が大切にしている飾りを盗んだ。井角さんなら、当てつけみたいな飾りに腹が立って盗んだ。親友の井戸木さんは……まだちょっとよくわからないけど、もし彼女が長谷川さんの熱狂的なファンみたいな感じだったとすれば、長谷川さんの持ち物が欲しかった、とか」

やはり味が足りないのか、学太は塩クラゲの小鉢に醤油《しょうゆ》を掛けまわす。

「ただ……今のところ僕の関心は、犯人より、告発者が誰か、ってことにあるけど」

「告発者って、あの『井』のメッセージを残したやつか？　どうして？」

「墨だよ」

「墨？」

「あの壊された作品には、墨汁がぶちまけられてただろ。それで飾りがはまってた窪《くぼ》みの部分を改めて確認してみたけど、そこの墨はふちから少し垂れたところで固まって、窪みの底まで垂れていなかったんだ。

つまりあの飾りは、墨汁のかかった直後でも完全に乾いた後でもなく、半乾きの状態のときに盗られたってこと。実験してみたけど、あの墨は今の季節だとだいたい二十分から三十分くらいで半乾きになって、一時間も経てば完全に乾く。『井』のメッセージの墨にも串を動かした痕跡が残っていたから、串が置かれたのはやっぱり半乾きのときで、串が置かれた時間帯と飾りが盗まれた時間帯は重なる。僕たちは、だいたい三十分おきくらいに一人ずつ準備室に出入りしてたから、たぶん同一人物の仕業だ」

「えっと……要するに、どういうことだ？」

「告発者イコール、母さんの飾りを盗んだ犯人ってこと」

——メッセージを書き残したやつが、飾りを盗んだ犯人？　いったいどういうつながりだ？

学太がスマホを取り出す。その動画には、ベランダ側から撮ったらしき書道部の練習風景が映っていた。天井から吊るした大きなカーテンのような画仙紙をバックに、学太たちが書道パフォーマンスに熱を入れている。ただし美術室内にある美術準備室の出入り口、ベランダ側と廊下側の二つのドアは、画面から見切れていて見えない。

「名前の練習のあと、ついでにパフォーマンスの練習に移ったんだ。これは、メイキング映像用に撮った動画。人の出入りはこれで確認した。といっても準備室の出入り口は二つとも見えないから、あくまで画面から見切れているかどうか、だけど。

ちなみに長谷川さんの最終チェックのあと、画面から見切れた書道部員の順番は、まず井戸木さん、次に僕、井手先輩、井角さん。時間はだいたい三十分おきで、一人一回ずつ、見切れていたのは十分間前後。これと墨の乾き具合を考えれば、壊した犯人と告発者の関係は――」

「おいおい、墨だぁ？　別にイカ墨なんざ入ってねえぜ？」

するとそこで、店主の豪快な笑い声が飛び込んできた。学太が顔をしかめる。店主は新たな小鉢を福太たちに差し出したあと、急に不安になったのか、カウンター越しに身を乗り出し、元太に小声で訊いてくる。

「なあ、ゲン。そんなに生臭かったか？　今度の新作」

元太はやや困り顔で視線を下げた。

「いや……十分、旨いですよ」

「ほんとかよォ。おめえは昔っから、変に人に気を遣うからなあ。じゃあ――おい、学《がく》ちゃん。天才坊主の感想はどうよ？　おめえはそういうの、気にしねえタイプだろ」

学太がふうとため息をつく。おもむろにポケットからハンカチを取り出し、ラーメンの湯気で曇った眼鏡を拭いてから掛け直すと、店主を見据えて言った。

「それじゃあ……元太の代わりに、正直に言っていいですか？」

「お、おう。どんとこい」

「まず、このあっさりめのスープには、太麺より細麺が合うと思います。あとこのスープ、乾物を使ってるのが売りなんですよね。メニューにもそう書いてあるし」

「おうよ」藤崎は胸を張る。「いろいろ入ってるぜ。鰹《かつお》に鯖節《さばぶし》、スルメに干しエビ、ホタテの干し貝柱……。うちは、まじりっけなしの本物の乾物を使ってるってのが、売りだからよ」

「それはいいんですが、なんていうか、全体的に味がごちゃごちゃしていて。スープに輪郭がない、っていうか。もう少し素材を絞ったほうがいいんじゃないですか。特にそのホタテの干し貝柱って、入れている意味あります？　ほかの素材に負けて、まったく存在を感じないんですが」

「意味か……」

藤崎は遠い目をする。

「考えたこともなかったな。俺《おり》ゃあ、理屈より感性で突き進むタイプでよ……」

そこは考えてほしいところだ。ほかにも学太があれこれと語るダメ出しを、藤崎は背を丸めて神妙な顔つきで拝聴していた。クマのような巨体が、今はウサギのようにいじましく見える。

「オレ、すごくウマかった！」

すると良太が、プハーとどんぶりから顔を上げて勢いよく手を挙げた。藤崎は救世主を見たという顔で、

「おお、そうか！　ガキには俺の味、わかるか。ファミリー向けのほうがあってるかもな。ちなみに何が一番旨かった、良ちん？」

「ナルト！」

そいつは市販品だ、良太。

がっくりと肩を落とす店主にやや罪悪感を覚えていると、隣の元太が妙に静かなことに気付いた。レンゲで掬《すく》ったスープをじっと見つめて、何やら考え込んでいる。

「本物の乾物、か……」ぼそりと呟き、「なあ、福太」

「なに、兄貴？」

「あの飾り、やっぱり本物だったってことはないか？」

ん？　と福太はラーメンをすする手を止める。

「いやだから、それは最初にありえねえって――」

「なるほどね」すっかり店主をやりこめた学太が、再び議論に戻る。「それもなくはないね。もし娘の長谷川さんが、母親のしたことを何も知らないのであれば」

「うん？　どういうことだよ？」

「母さんのケースと逆だよ。娘の長谷川さんは、家にあった本物の飾りを偽物と思い込んで、作品に使ってしまったんだ。あとから長谷川さんの母親がそのことに気付いても、言い出すことはできない。だってうちから弁償金を受け取っている以上、家に本物があるはずがないんだから」

そうか、と理解する。仮に長谷川詩緒の母親が福太たちの母親を嵌《は》めて、娘がそのことを知らなかったとする。その場合、もし娘が家にある本物の飾りを見つけても、母親はそれはあくまで「作り物のレジンの飾り」と言い張るしかない。また母親が飾りについての話題を避けていたのだとすれば、詩緒が井角あいみに詳しく話せなかったことも説明がつく。

「あの写真や動画じゃ、そこまで真贋《しんがん》は判別できないしね。と、すると――どうなる？　犯人が本物と気付いて盗んだのだとすると、やはり動機は金銭目的？　それなら――」

「それなら？」

「マイカ先生の犯人説も、再浮上する？」

まさか、と福太が口を開きかけた、そのとき。

ガラリと、店の戸が開いた。

「へい、らっしゃ――お。おばちゃん」

奥でいじいじと寸胴《ずんどう》のスープをかき混ぜていた藤崎が、急に愛嬌《あいきょう》のある声を出した。

魚介系のスープが香る店内に、ぷうんと香水の匂いが混じる。新たに入ってきた客を見て、福太はあっと声を上げかけた。

神山園子《そのこ》。

高級宝石店「ジュエリー神山」のオーナー。図らずも、宝石騒ぎの関係者の登場だった。神山も福太たちに気付くと、「おや……」と足を止める。口の端を上げ、奥の店主に酒焼けした声を掛けた。

「坊《ぼう》。店の休日に知り合い呼んで、新作メニューの研究かい？　精が出るねエ」

「やだなあ、おばちゃん。店はやってるって。ちゃんと表見てよ。営業中の札、掛かってるっしょ？」

「あら、そうかい。風でひっくり返ってるだけかと思ったよ」

神山はそう意地悪く言って、カウンターの端に腰を下ろす。福太たちにも軽く会釈してきた。無視するわけにもいかず、こちらも挨拶を返す。

「……どうも」

「どうも。この前は、いらない口出しをして悪かったね」神山は妙に猫撫《ねこな》で声で、「あそこの店主は知り合いなもんで、こっちもつい肩入れしちまって――疑って悪かったよ、坊や。アンタは正直もんだ」

そう言って、一番近くにいた良太の頭を撫でた。彼女が言うのは、先日「袴田商店」で起きた事件のことだろう。あの事件で良太は「謎の人影」を目撃したが、神山に信憑性《しんぴょうせい》を疑われ、証言を取り下げろだのなんだの難癖をつけられたのだ。

ひと悶着《もんちゃく》あった末、福太たちも最終的には、人影は「良太の見間違い」だったと結論付けた。だがのちに聞いた話によると、その後の警察の調査で、あの場には本当に運転手以外の「誰か」がいたことが判明したらしい。その件については関係者の間で示談でも成立したのか、事は公になっておらず、店主もそれ以上は語らなかったので、福太たちにもそちらの真相のほうはよくわかっていない。

「よく見ると、いい顔をしてるね、坊やは」

良太が正しかったことが証明されたからだろう。神山は手のひら返しのように、末の弟を褒め称《たた》える。

「嘘をつけない顔だ。アタシに観相学の心得がもうちょいありゃ、坊やの言葉を信じただろうにね。お詫《わ》びと言っちゃなんだが、坊やの運勢でも占ってやろうか。アンタらの母親も、困ったときはよくアタシの占いを頼って……おや。どうかしたかい、坊や？」

ふと、神山の手が止まった。見ると、良太がたぬきの置物のように固まっている。

――まずい。

福太は焦った。良太はその事件について、警察にも話していない「とある秘密」を抱えている。それで神山にどういう態度をとっていいかわからず、フリーズしてしまったようだ。

慌てて良太の肩を摑み、自分のほうへ引き寄せる。

「すみません。人見知りなんです、こいつ」

「そうかい？　まわりの噂じゃ、子犬みたいに人懐っこいって聞いたけどね」

「おばちゃんの前じゃ、虎だって『借りてきた猫』みたいになっちまうよ」

イヒヒ、と藤崎が小学生みたいな笑い声を立てる。

神山は藤崎をひと睨みしてから、少し不思議そうに良太を見つめ、急にぐっと顔を近づけてきた。

「──アタシが怖いかい、坊や？」

ごくり、と福太は唾を飲み込む。良太は真っ青《まっさお》な顔で福太の服にしがみつき、ブルブルと首を横に振った。お前それ、完全に怖がってるやつの態度だぞ──と福太は内心突っ込みを入れつつ、ここはしらを切りとおすしかないと、ひたすらとぼけ顔を貫く。

神山はしばらく良太の顔を覗き込んだあと、ふっと表情を緩め、静かに身を引いた。

「悪いね、怖がらせちまって。坊。お詫びの印に、この子にアタシの奢《おご》りで甘いものでもやっといてくれよ。何かあるだろ、この店にも。そういう子供が喜びそうなものが」

神山が厨房に声をかけ、立ち上がる。ついで店主を手招きで呼び寄せ、バッグから大きな茶封筒を出して手渡した。

「ちょっとこれについて、話したかったんだけどね。先客がいんなら仕方ない、出直すよ。空いた時間にでも、こいつに目を通しといてくれ。またあとで電話するから」

神山が出口に向かう。戸を開け、暖簾《のれん》をくぐろうとしたところでふと足を止め、福太たちを振り返った。

「あ、そうそう──そういやアンタら、中学校で起きた事件のこと、調べてるんだって？　リサイクル作品がどうのこうの、っていう」

ドキリとした。福太はつい狼狽《ろうばい》を顔に出しつつ、

「なんで……そのことを？」

「世間は狭いからね」神山はニヤリと笑って、「この前の償いに、一つ忠告しとくと——楽器屋のことは、水に流してやんな。アンタらの母親も、今さら昔のことを蒸し返されたくもないだろうさ」

えっ？　と学太が声を上げた。「それってどういう——」問いかける前に、暖簾が揺れ、戸が閉まる。香水の匂いが薄まり、良太がホッとしたように福太から体を離した。福太は唖然としつつ、同じく戸惑い顔の学太や元太と視線を交える。

「ガキ向けのデザートか。考えたこともなかったな……」

藤崎がぶつぶつ呟きながら、業務用冷蔵庫を開ける。ゴソゴソあさり、「ほらよ」といかにもコンビニで売っていそうなプリンを出してきた。明らかに自分用だ。

「良ちんよう。まあ、そんな怖がってくれるなよ。ああ見えておばちゃん、優しいところもあるんだからさ」

「例えば？」

学太がピリピリした口調で訊き返す。

「例えば？　例えば——そりゃもちろん、あれだよ。ほら、あの、その、うーん、そうだなあ……」

藤崎はしばらく思い悩んだあと、閃《ひらめ》き顔でポンと手を叩き、

「思い出したぜ。『聖天《しょうでん》様の慈悲』だ」

「しょうでんさまの……じひ？」

「おうよ。おばちゃん、ああ見えて信心深いだろ？　だから、悪いことをしたやつがいても、すぐには警察に突き出さねえんだよ。『仏の顔は三度、聖天様はちょいと厳しいから、二度までだ』っつって。

　店の品物くすねた、万引き犯とかな。つい一年くらい前にも、店のアクセを盗んだ女子中学生をとっつかまえたんだけどよ。そいつ、商店街でも有名な万引き常習犯だったらしくて、おばちゃん長々と説教してたけど、結局警察沙汰にはしなかったしよ」

「え？」と福太たちは驚く。学太が裏返った声で、「それって、銀波中学《ぎんちゅう》の女子？」

「たぶんな」藤崎は指で輪を作って両目に当て、「こーんな丸眼鏡をした、デコの広い女子中学生でよ。いかにも真面目な委員長タイプって感じで、名前も生真面目って感じだったなあ。とてもそんなヤンチャするやつには見えなかったけど、親が教育関係者とかで厳しいみたいで、そのストレスでやっちまったみてえだな。

　俺はたまたまその場に居合わせただけで、詳しくは知らねえけど。でもそいつ、またあとで楽器店のところでもやったみてえで、聖天様に合わす顔がないね、っておばちゃん、苦笑いしてたなあ。まあそっちも結局、警察には突き出さなかったみてえだけど」

　そこで藤崎は「あっ」と叫んで後頭部をペシリと叩き、

「いけねえ。このこと、誰にも話すなっておばちゃんに釘刺《くぎさ》されてたんだ。お前ら、この話、内緒な」

　福太たちは、顔を見合わせた。

7

福太たちは帰宅後、リビングで夜を徹して話し込んだ。

良太を寝かしつけたあと、学太がお得意のノートで人間関係などを簡潔な図にまとめた（図「人間関係」等参照）。それをもとに、ああでもない、こうでもない、と議論を続け、気付けば空も白み始めた明け方の五時ごろである。

「とにかく」目の下に隈《くま》を作りながら、学太が言う。「水に流せってことは、神山さんは知ってたってことだよ。長谷川さんが、僕らの母さんに何をしたのか。もしあの紛失事件に何も裏がないのなら、水に流すのは長谷川さんのほうで、僕たちじゃないし。母さんが冤罪《えんざい》で金を騙し取られたのは、ほぼ確定だ」

「だとすると……どういうことになるんだ？」

何杯目かの眠気覚ましのコーヒーを飲みつつ、元太が訊き返す。

「だとすると、あの飾りはやっぱり本物だったってこと」

「長谷川詩緒が、家にあった本物をレジンの偽物と思い込んで、使っちまったってことか？」

必死に睡魔をこらえて、福太も話についていく。

「うん。それが事実なら、長谷川さんの母親は焦ったろうね。高価な宝石を持ち出されただけじゃなくて、なんといっても昔の犯罪の証拠が晒《さら》されてしまうんだもの。当時のことをどれだけの人が覚えているかわからないけど、もしあれが本物の宝石だとバレたら、疑問を感じる人が出て

【人間関係】

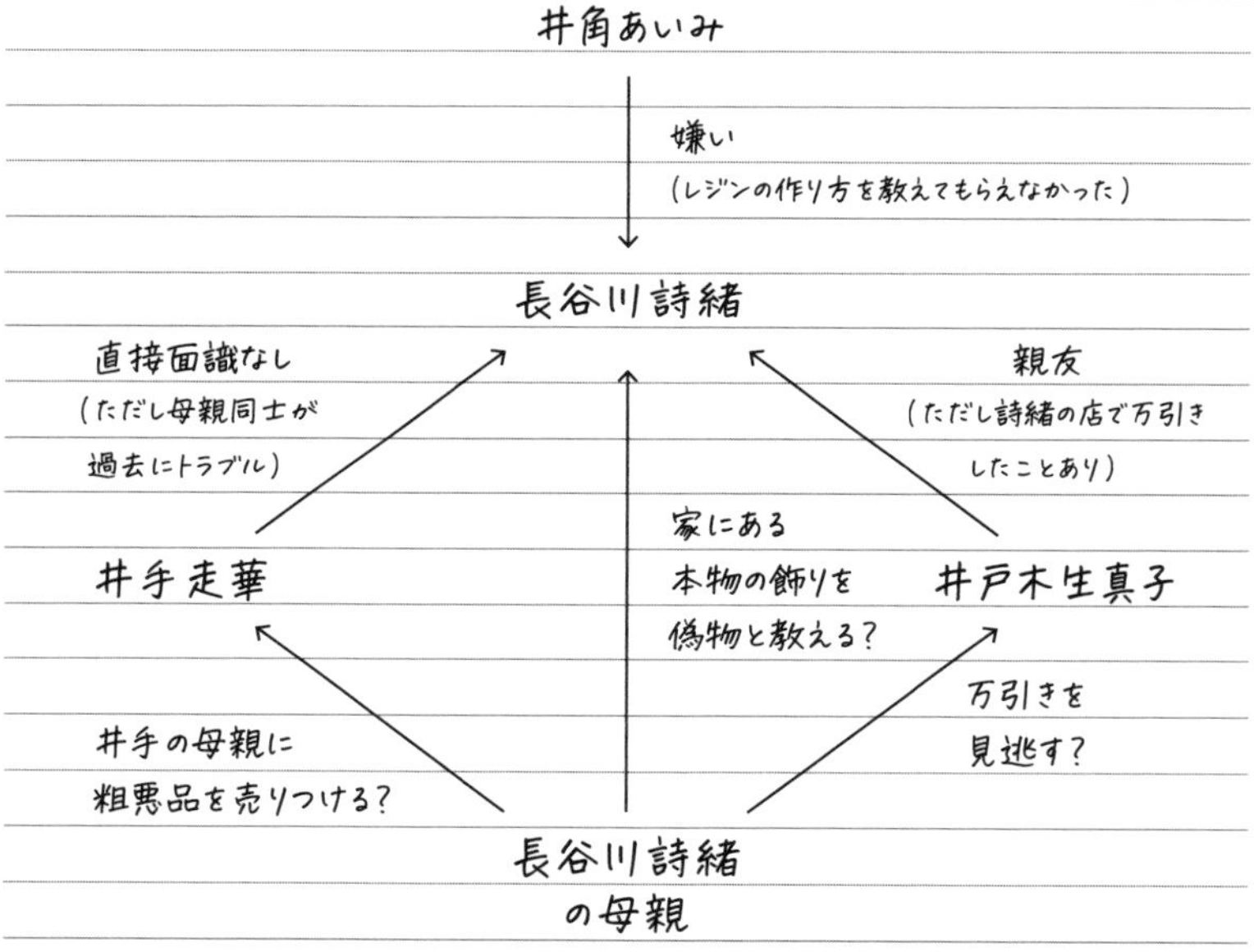

マイカ先生…宝石が本物と気付く?

【準備室に入った順番】

長谷川詩緒＆井戸木生真子 → 井戸木生真子 → 木暮学太 →
井手走華 → 井角あいみ

こないとも限らない。現に僕たちだって、こうして気付いたわけだし。だから母親は、あの作品がコンクールに出品される前に、何としてでも回収したかったんだ」

「でも、母親が直々に中学校に忍び込むわけにはいかねえだろ」

「うん。だからそこで、井戸木さんだよ」

「井戸木さん？」

「藤崎さんの話じゃ、井戸木さんは『エンジェル楽器』でも万引きを働いたはず。それでも警察沙汰にはなっていないってことは、長谷川さんの母親は事件を内々に処理したんだろうね。逆に言えば、長谷川さんの母親は井戸木さんの秘密を握っていることになる。だったら――」

「それをダシに、その子を意のままに動かせる、というわけか」

元太がコーヒーの液面を見つめつつ、呟く。

「そう。だから井戸木さん、長谷川さんに対して従順なんだよ。母親に弱みを握られているわけだからね。

まとめると、僕の推理はこんな感じ。まず、すべての黒幕は長谷川さんの母親。彼女は娘の作品に本物の飾りが使われていることに気付いて、娘に内緒で井戸木さんにその回収を命令する。弱みを握られている井戸木さんは断ることができず、友達を裏切ることに心を痛めながら、言われるままに飾りを盗む。

タイミングが出展直前になったのは、やっぱり迷いがあったから。作品を壊したのはもちろん、真の目的を誤魔化すためだ。飾りだけ盗んだら、不思議に思われちゃうからね。木を隠すなら森の中、ってね」

「だがそれなら、あの『井』のメッセージは？」

「彼女の自作自演、だろうね。墨の乾き具合から、もし彼女の犯行に気付いて串のメッセージを残すとしたら、次に入った僕しかいない。でも僕は、あんなメッセージ残してないし」

「お前なら人間関係なんて気にせず告発するだろうしな。なら、名前を全部書かずに『井』だけで止めたのは？」

「それはたぶん、予想不可能だったから」

「予想不可能？」

「準備室に入ったのは井戸木生真子さんが一番目。部活終了後は備品を片付けるから、このあと誰かが必ず準備室に入ることはわかるけど、この時点では井戸木さんにはまだ部員の誰が入るか予想できない。

だから名前が当たりやすいよう、中途半端な字を残したんだ。『井』と書けば井手先輩と井角さん、どちらかが入ってくれれば済むし、二人もいれば入るよう誘導もしやすいしね。もちろん井戸木さん自身も犯人候補に入るけど、ほかの二人に比べたら親友の井戸木さんが疑われるリスクは低いし。今も実際、井角さんがほぼ犯人扱いだしね」

そうなの……だろうか。福太は眠気と戦う頭で考える。長谷川詩緒の母親がそこまで腹黒いとは思いたくないが、井手走華の母親にも粗悪品を売ったことがあったというし、井戸木生真子が楽器店で万引きを働いたというのもまた事実のようだ。本人に直接確かめたわけではないが、あのときの井戸木生真子のオーバーリアクションを思い返すに、おそらくあれはアクセサリーの万引きの件に話が及ぶのを恐れたためだろう。

「だが……」元太が慎重な口ぶりで言う。「それなら別に盗まなくても、偽物とすり替えればいいんじゃないのか？」

「偽物の飾りは、手元になかったのかも。神山さんが買い上げたままで」

「井手走華や井角あいみって子が盗んだってことは、本当にないのか？　それにもし飾りが本物なら、マイカ先生も――」

「井手先輩や井角さんは、盗む理由が弱いね。腹いせが目的なら、作品を壊すだけで十分だし。それに自分が犯人だとわかってしまう証拠を、わざわざ持っていくとも思えない。

あとさっき説明した通り、告発者と盗んだ人はたぶん同一人物だから。マイカ先生には盗むチャンスはあっても告発はできないから、やっぱり容疑者候補から外れる」

福太は学太の話を吟味する。確かに井手走華や井角あいみなら、作品を壊す、あるいは壊れているのを発見した時点で、長谷川詩緒への腹いせはある程度済んだはずだ。また井手走華は「ゴミを偽装するのが上手い」と言ってたし、井角あいみは飾りを「自分への当てつけ」として見ていたから、彼女らが本物の宝石だと気付いている可能性も低い。所詮作り物だと思い込んでいるものを、そこまでして盗みたいだろうか。

目の肥えたマイカ先生なら、あるいは本物と気付くかもしれない。しかし業者と一緒に入った彼女には作品を壊すこともメッセージを残すことも難しいし、もし墨汁がかけられたしばらくあとに盗んだのなら、マイカ先生が飾りを取ったときには墨は乾いていて、違う痕跡を残していたはずだ。

ただ……。

「なんだか、納得いかないって顔だね、福太」

気難しい顔で腕を組む福太を見て、学太が言った。

「気になるなら、言ってよ。福太の勘は、まあまあ当たるから」

「いや……」福太は耳の後ろを掻《か》きつつ、「それだと、お前が最初に言ってた『なぜカタカナを漢字にしたのか』っていうのが、解決しねえと思ってさ。どうして井戸木生真子さんは、一度カタカナで書いた名前を、もう一度書き直す必要があったんだ？　単に名前を被らせたいだけなら、カタカナの『イ』だけでもいいだろ？」

学太は少し黙り込む。

「それは……やっぱり『井』のほうが、串で書きやすいと思ったからとか……。カタカナだと、ちょっと形が崩れれば、読み間違いされちゃうかもしれないし。まあどっちにしろ、些細《ささい》なことだよ、それらは」

——福ちゃんは、私に似て勘が鋭いから。

ふと、母親の言葉が脳裏に蘇《よみがえ》る。

——何かおかしいと思ったら、どんな小さなことでもその感覚を大事にしてね。元ちゃんは完ぺき主義だし、学ちゃんはたぶん頭が良すぎて考えすぎちゃうタイプだから。そのみんなのバランスをとるのが、福ちゃん。

元太がコーヒーを飲み干し、カチャリ、とカップを置いた。

「もし、学太の言う通りだったとしたら——俺たちは、どうすればいいんだ？」

学太はまたしばらく押し黙ってから、ふうと息を吐きだす。

「どうにも、できない」

眼鏡を外し、気持ちをなだめるようにハンカチで拭き始める。

「だって、飾りが盗まれたってことは、肝心の証拠を隠蔽《いんぺい》されちゃった、ってことだから。こっちがいくら糾弾《きゅうだん》しようと、あっちがしらばっくれれば、それで終わり。神山さんが『水に流せ』っていったのは、つまりそういうことだよ。僕たちが今さら蒸し返してもどうにもならないから、もう忘れろって意味。僕たちがいくら腹を立てても母さんが草葉の陰で悲しむだけだ、って言ってるんだよ、あの人」

学太が立ち上がる。絵本の並んだ棚の前まで行き、中から一冊を抜き出す。――〈幸福の王子〉。

「母さんは僕に、いろんなことを学べって言ったけど」

学太は絵本をめくりながら、

「学べば学ぶほど、世の中が嫌になるね。この〈幸福の王子〉、子供のころは単純に『王子は立派だなあ』くらいの感想しかなかったけど、今ははっきり皮肉だってわかる。この話は、『ただのお人好《よ》しは周囲の人間に感謝もされず、食い物にされるだけ』というこの世の真理を、痛烈に皮肉ってるんだよ。なんたって、『サロメ』を書いたオスカー・ワイルド原作だもの」

母親の怜は、子供たちが生まれるたびに祝福の「誕生カード」を作った。そこには生んだときの気持ちや今後への想《おも》い、名前に込めた意味などが書かれている。学太の学は当然、学びの学だ。もっとも母親自身が勉強嫌いだったので、どうもその「学ぶ」はいろいろ人生経験を積めといった意味合いだったらしいが――そんな親心に反し、当人はしっかりと勉強好きな秀才に育っている。

ページが最後まで来たところで、本が手から滑り、床に落ちた。学太がそれを眺めるばかりで拾おうとしないので、福太は代わりに拾って棚に差し戻す。

「ねえ、福太」学太がぼそりと言った。「警察に突き出すより、もっと効果的な仕返しって、なんだと思う？」

福太はぎょっとして弟を振り返る。

「何を考えてるんだ、お前？」

「……さあね」

学太は硬い声で答えて、まだ夜が明けきらない窓の外を向く。

「僕も、よくわからない。ただ一つ言えるのは、現実では他人の幸福ばかりを願う〈幸福の王子〉なんてのは、まずおとぎ話の中だけの存在で――いるのは嫉妬の王子や、復讐《ふくしゅう》の王子ばかりだ、ってこと」

――なんだか危なっかしいな、あいつ。

金曜、高校の部活を終えた帰宅途中。日暮れ後の宵闇の中を自転車で走りながら、福太は朝方の学太の言動をふと思い返し、不安になった。

あれはやはり、何か報復するつもりだろうか。学太は下手《へた》に頭がいい分、本気になればいくらでも悪事を働けそうで厄介だ。元太も普段は冷静で頼れる兄貴だが、母親が絡むとやや感情的になるので、はたして学太のストッパー役になってくれるかどうかは怪しい。むしろあの様子だと、学太側に加担するような気がする。

——俺、どうすりゃいいんだよ、お袋。

信号待ちでポケットからスマホを取り出し、入力したメモを見返す。学太の「長谷川の母親黒幕説」を覆してやろうと、今日一日、これまで聞いた情報をまとめてあれやこれや考えていたのだ。しかし、うまい反論の糸口が見つからない。自分の「勘の良さ」とやらを信じるなら、やはりカタカナの件が気にかかるが——。

「なんだそれ。兄貴の新作メニュー？」

突然、声を掛けられた。ぎょっとして顔を上げると、いつの間にか同じく自転車で信号待ちをしていた圭人が、横からスマホを覗き込んでいる。

「……これのどこが、料理の名前に見えるんだよ」

「だってここ、幸福の玉子《たまご》って——」

「玉子じゃなくて、王子《おうじ》。童話の〈幸福の王子〉」

どういうボケだ。面倒なので無視していると、ふと圭人が神妙な顔をして、訊いてきた。

「童話ってことは……もしかして、母親絡みか？」

「まあ、な」

「そうか」

急に静かになった。圭人とは小学校からの腐れ縁なので、もちろん福太の母親が絵本作家だったことも、早逝したことも知っている。

「——何か、あったのか？」

信号が青に変わり、揃《そろ》ってペダルを漕《こ》ぎだしたところで、圭人が再び訊いてきた。迷ったが、話せばヒントくらい得られるかもしれないと思い、実名は伏せて事情を説明する。圭人はハーンと合点のいった顔をした。

「朝からずっと、お前が腑抜けてた理由はそれか。『復讐』ねえ。確かにお前の弟、頭はいいけど、『幸福の王子』って柄じゃないよな。完全犯罪とか、余裕でやりそう」

ヒントどころか、不安を煽《あお》ることとしか言われなかった。やはりこいつに相談するべきじゃなかったな、と己の見通しの甘さを呪う。

「〈幸福の王子〉っていや……」

圭人はマイペースで続ける。

「なんか、無理やりやらされたよな。俺たちも、そういう劇の手伝い」

「え、俺たち？」

「だよ。子役が足りないからって、俺たち二人強制参加で、腹をすかしたガキの役。で、ツバメ役の子が、出番直前になって恥ずかしがって、舞台袖のカーテンに隠れちまってさ。それで俺たちだけでなんとか場をつなげって、無茶振りされて……」

父親が言っていた「友達」って、こいつか。驚きつつ話を聞くうちに、福太も徐々に当時の記憶が蘇ってきた。確かツバメ役の子は、例の長谷川の娘だ。あの当時は、長谷川の母親のことを普通に「自分の母親と仲のいい人」としか思っていなかった。まさかその相手と、将来こんなトラブルを抱える羽目になるとは――。

そんなことを考えつつペダルを漕いでいると、銀波寺《ぎんなみでら》の山門前に差し掛かった。ふと友人の顔を見やる。こちら方面に来ると、圭人は遠回りのはずだが――もしかして兄貴の晩飯目当てに、うちまでついてくるつもりか？

試しに普段使わない旧道の銀波坂に帰路を変えてみると、圭人は何も言わずについてきた。やはり来る気だな、と確信したところで、前を歩く中学生くらいの歩行者とぶつかりそうになり、慌ててハンドルを切る。塾帰りだろう、この時間帯でも商店街周辺を出歩く小中学生をよく見かけるが、この坂を使っているのは珍しい。

少し坂を上ったところで、圭人が後ろを振り返りつつ言った。

「今歩いてたの、お前の弟じゃないか？」

「え？」

「誰かと電話してたぜ。復讐がどうとか、聞こえたような気が――」

なんだって？

即座にUターンする。いくらも下らないうちに、自転車のライトに見知った顔が浮かび上がった。確かに学太だ。

「あれ、福太？」

学太はこちらに気付くと、眩《まぶ》しそうに目を細めた。

「おい」タイヤを滑らせて急停止し、勢い込んで尋ねる。「今お前、誰と何を話してた？」

「誰って」学太は少し口ごもって、「ついさっき、知り合った子だよ。焼き鳥の『串真佐』の、三姉妹の末っ子さん。彼女たちも、事件のことを調べてたみたいで」

「『串真佐』の三姉妹の……末っ子？」福太はやや混乱しつつ、「その子に、協力をお願いしたってことか？」

「お願いしたんじゃなくて、されたほう。さっき塾の休み時間に、事件について聞き取り調査されたんだよ。けど、今話してたのは、もっと個人的なこと。塾の復習でわからないことがあったから、今度教えてほしいって——いきなりなんなんだよ、もう」

話を聞いて脱力した。復讐じゃなくて、復習——そんなベタな取り違えをした友人に非難の目を向けると、圭人は学食のおばちゃんに受けのいいスマイルで、てへ、と憎たらしく舌を出す。

「よかったな。嫉妬や復讐じゃなくて、幸福の玉子のほうで」

王子だろ、と気抜けした突っ込みを返す。「玉子?」と学太が首を傾げた。その毒気が抜けたような弟の顔を見て、おや、と福太も不思議に思う。今朝方とは違い、表情がどこか明るい。

「もしかして……その三姉妹の調査で、メッセージの謎が解けたのか?」

「いや」ふっと、また顔に暗い影が差す。「そっちは全然。こっちは聞き取りに応じただけで、得られる情報はゼロだったし。いまだ真実は帳《とばり》の向こう側、って感じ」

事件が解決したからというわけではなかったか。たぶん日中に、学太の気持ちが上向く出来事でもあったのだろう。それが何かは知らないが、いつもの弟に戻ったようで少しほっとする。

「福太。トバリってなんだ?」

圭人が間抜けな質問をした。福太は口を開きかけ、その問いをそのまま学太に丸投げする。

「……なんだ?」

「カーテンみたいなもの」

ああ、カーテン——と、圭人がまだ良く呑《の》み込めていないような相槌を打つ。普段の学太だな、と小生意気な弟の口ぶりを聞いてさらに安心した。それにしても、難しい言い回しを知ってるな、こいつ――おかげで一つ賢くはなったが、だったら「カーテンの向こう側」でよくねえか？と、そこで突如、頭の奥で火花が弾《はじ》けるような感覚があった。

カーテン……向こう側……。

ザッピングのように脳内に映像が流れる。関係者の顔が次々切り替わり、ある人物のところで停止した。

王子と――玉子。

手からハンドルがすり抜け、がしゃん、と自転車が倒れる。棒立ちする福太に主人が近づき、「どうした？」と顔の前で手を振った。福太はそのうるさい手をがしりと摑むと、坂道の暗闇を見つめながら、呟く。

「もしかして、名前をカタカナで書けなかった理由は――」

8

珈琲《コーヒー》の焙煎《ばいせん》の香りに、スパイシーな料理の匂いが混じる。

ぎんなみ商店街の新参アジアンカフェ、「ダ・ココナット」。福太たちがマイカ先生と初顔合わせした喫茶店だ。

週末の土曜午後、福太と学太はそこで、私服姿の女子中学生とテーブルをはさんで対峙《たいじ》していた。元太はシフトが入っているため不在。良太は少年サッカーチームの練習に参加後、疲れて家で昼寝をしている。

硬い表情の少女の隣には、今回も保護者代わりにマイカ先生が付き添っている。彼女だけはこれまでと変わらないホワンとした笑顔で、飲んでいるのも前回と同じジャスミンティーだ。

「盗んだのは……あなただったんですね」

最初の挨拶を済ますと、福太は腹を決め、単刀直入に話を切り出す。

「長谷川——詩緒さん」

向かい側の少女が、びくりと肩を震わせた。

俯《うつむ》き、黙り込む。辛抱強く返事を待っていると、横からマイカ先生が不思議そうな顔で訊ねてきた。

「盗んだ？　何の話ですか？」

福太は返事に詰まる。マイカ先生には今回、「メッセージの真相を教える」と伝えていた。それを口実に、自宅に引きこもっていた長谷川をわざわざ休日に呼び出してもらったのだ。だから当然、マイカ先生はこちら側の事情を知らない。どこまで話すべきか——。

迷う福太に代わり、学太が答えた。

「飾りの話、です」

「飾り？」

「長谷川さんの作品についていた、飾り」

「ああ……ありましたね、そんな飾り。でも——盗んだ？　長谷川さんがその飾りを、ってことですか？　よくわかりませんね。作品はもともと彼女が作ったものですし、別に飾りを持ち帰っても、盗んだことにはならないんじゃ？」

「それは……」

学太が口ごもる。ちらりと福太を見て、コホンと咳払《せきばら》いした。そしておもむろに、すっと片手を福太の側に向ける。

「それについては、今から兄さんが説明します」

そこは丸投げかよ。――福太は目を白黒させる。さすがの弟も、同じ学校の女子や先生相手だとやりにくいようだ。まあ、出来のいい弟に貸しを作る機会など滅多《めった》にないので、悪い気はしないが――こいつに「兄さん」なんて言われると、ゾワゾワするな。

「それじゃあ、まず……俺たちが長谷川さんを疑うようになった、一番の理由から」

福太も咳払いしつつ、話し始める。

「それは、例の『井の字』です」

「井の字って、あの竹串の？」と、マイカ先生。

「はい。実はあの『井』の字の前に、一度カタカナで名前を書いたような跡があったんです。この写真を見てほしいんですが……」

学太のスマホを借り、写真を見せて解説する。マイカ先生は戸惑い顔をしつつ、

「確かに……言われてみれば、そんな線も見えますね。でも、それが何か？」

「どうして、カタカナで書くのをやめたと思いますか？」

「……カタカナだと、串が足りなかったからとか？」

「いいえ。楽器は二十四音で、使われた串の数も二十四本。イデ、イスミ、イドキ、コグレ……あと一応マイカやハセガワでも、本数は二十もいかないんで、数は十分足りたはずなんです」

はあ、とマイカ先生はピンと来ない様子で首を傾げる。

「では、質問を変えます。そもそも、メッセージが手書きじゃなく、竹串で書かれた理由は？」

「それは……筆跡を、誤魔化すため？」

「その通りです。筆跡を誤魔化したいってことは、つまり——」

「自分が誰だか、知られたくないから？」

「そうです。つまり告発者は、あの竹串のメッセージに、自分の正体がばれてしまうような情報はなるべく残したくなかったんです。

逆に言えば、こうは考えられませんか。告発者は、カタカナで書くと自分の正体がばれてしまうと気付いたから、わざわざ漢字で書き直した、と」

「名前をカタカナで書いたら、自分の正体がばれる？　どうしてそんなことが——」

「それは」と福太はやや間を溜《た》めてからのしたり顔で、「王子と玉子の、違いです」

「おうじと……たまご？」

「ヒントがわかりにくいよ、福太」

学太が横槍《よこやり》を入れてきた。

「王子と玉子の違いは、点の有無——つまり、『濁点』の有無ってことです」

濁点？　とマイカ先生はますます困惑顔をする。ヒントが回りくどかったか、とやや反省しつつ、

「あのとき、美術準備室に入った中で苗字に『井』がつくのは、井手走華、井角あいみ、井戸木生真子の三人。けれどこれらの苗字は、どれも濁点の有り無しで、複数の読み方が出来ます。イ

デとイテ、イスミとイズミ、イドキとイトギ・イトキ・イドギ——そして告発者は、その正しい読み方を知らなかった。だから、カタカナでは書けなかったんです」

「え？　でも、お互いの名前なんて、自主練グループの部員なら全員——」

言いかけて、マイカ先生はあっと口を押さえる。視線が隣の生徒を向いた。

「そう。一人だけ、います。あのときの関係者に、正しい読み方を知らない人間が。それはもちろん——一人だけ部外者の、長谷川詩緒さんです」

じっと、向かい側の少女を見つめる。長谷川詩緒はさきほどから黙って俯いているばかりで、表情は窺《うかが》い知れない。

「部員なら誰でも知っている読みを間違えて書いちゃったら、『書き手は部員じゃない』ってバレちゃうからね」

まるで他人事《ひとごと》のような口調で、学太が補足する。

「長谷川さんは井手先輩とは面識がないし、井角さんも名前を忘れられてるって愚痴ってた。部員同士も普段あだ名で呼び合っているようだから、長谷川さんには二人の苗字の正しい読み方を知る機会がない。井戸木さんも『詩緒にもよく間違えられます』って言ってたし、親友といえど苗字の濁点の有無なんて、あまり意識してなかったんじゃないかな。

カタカナの『イ』の字のあとだけははっきり残っていたのが、その迷いの証拠。長谷川さんはまず出だしのイを書いて、そこで濁点の有無の問題に気付き、間違って怪しまれないよう急遽《きゅうきょ》漢字に切り替えたんだ」

「長谷川さんが、告発者……？」

マイカ先生は驚き顔で隣の女子を見つめつつ、

「でも、ちょっと待ってください。彼女が部員の名前を知らないなら、漢字だって――」

「漢字は、わかるんです」

学太がまた横から口を出す。

「だって先生、考えてみてください。僕たちはあのとき、いったい何をしていたと思います？」

マイカ先生は少し首を傾げ、ワンテンポ遅れてパン、と両手を打つ。

「そうか。名前の練習！」

「はい。僕たちは長谷川さんが最終チェックにきたときは各自名前の練習をし、その後は書道パフォーマンスの練習をしていました。だから彼女には、僕たちの名前の漢字なら知るチャンスがあったんです。もちろんそのときは犯人だと思って見ていたわけじゃないから、たまたま目に入ったのを覚えてた、ってことだと思うけど」

「でも……じゃあ長谷川さんはいつ、そのメッセージを残したんですか？」

マイカ先生はまだ腑に落ちないという顔で、訊き返す。

「井戸木さんと、作品の最終チェックをしたとき？　でも、そのときにメッセージを残したってことは、彼女は自分で作品を壊したことになります。それにそのときは、井戸木さんも一緒にいましたし――」

「いいえ」と、福太は首を横に振る。「もちろん長谷川さんに自分で壊す理由はないですし、井戸木さんも共犯ではありません。最終チェックの時じゃなく、実はあのあと、長谷川さんは一人でもう一度美術準備室に戻ってきたんです」

「戻ってきた？　どうして？」

「彼女、最終チェックのとき、音がおかしいって言ってたらしいから」と、長谷川のほうを見やりながら、学太が言う。「だからたぶん、それを直しに戻ってきたんじゃないかな。代わりの竹串でも持って。そして僕たちは誰一人、そのことに気付かなかった。なぜならそのころにはもう、書道パフォーマンスの練習が始まっていたから……」

「……？　練習に熱中しすぎて、気付けなかったってことですか？　でもいくらなんでも、美術室に人が入ってくるのを見れば――」

「見えなかったんです」

学太がテーブルの紙ナプキンを一枚手に取り、顔の前に広げる。

「僕たちの目には。書道パフォーマンスに使う用紙は、普通のサイズじゃありません。カーテンみたいな特大の画仙紙です。そして書きあがったあとは、出来を確かめるためにもそれを一度吊るして乾かします。それが視界を遮って、死角を作っていたんです。舞台のカーテンみたいに」

そう――それはいわば、「秘密の通路」（図「秘密の通路」参照）。長谷川詩緒は昔の劇では

秘密の通路

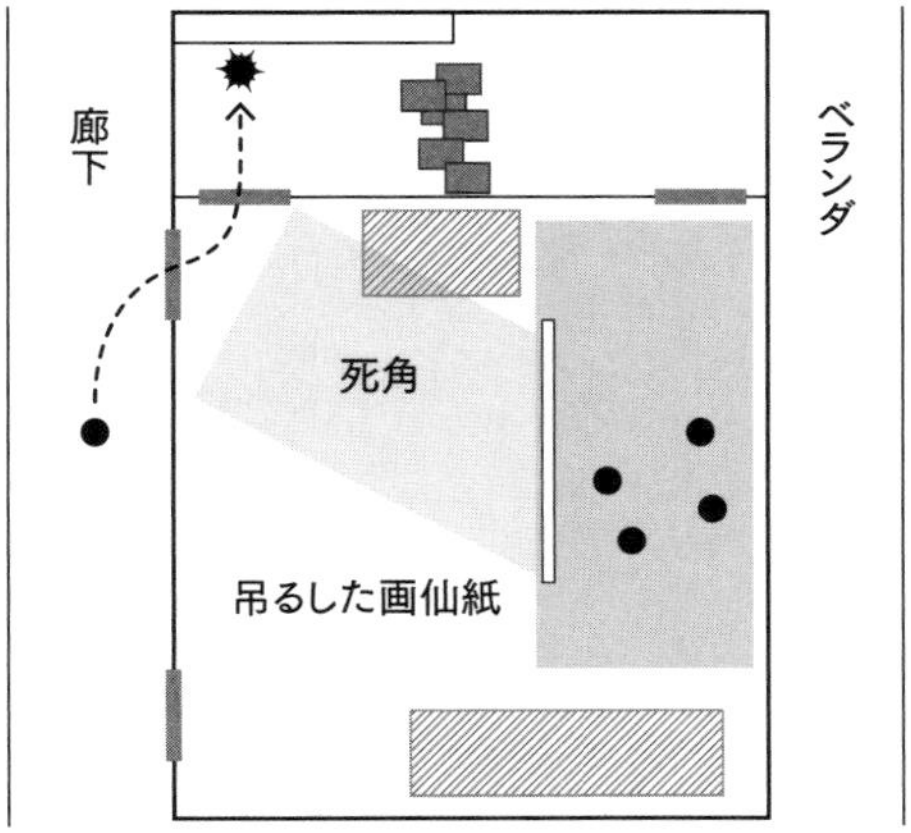

舞台のカーテンに隠れたように、今回は画仙紙のカーテンに隠れて、美術準備室に出入りしたのだ。

「書道パフォーマンスの練習中には、ダンス用の音楽もかかってましたしね。たぶん長谷川さんは練習を邪魔しちゃ悪いと思って、声をかけるのを遠慮したんだ。それで黙って美術準備室に入ろうとして、犯行を目撃した――まさに犯人が、彼女の作品を壊すその瞬間を」

美術準備室にはベランダ側と廊下側、二つの出入り口があった。長谷川詩緒は廊下側から入ったので、ベランダ側を使っていた犯人とはかち合わずに済んだんだろう。

福太は長谷川詩緒を観察する。カーテン、と学太が口にしたところで頭がピクリと動いたが、それ以外はやはりじっと沈黙を貫いている。

「――まとめると、こういうこと」学太が淡々と続ける。「あの日、長谷川さんは井戸木さんと一緒に作品の確認をしたあと、いったん一人で美術室を出た。その後、やはり音の狂いが気になり、調整のために新しい竹串を持って再び美術室へ行く。

中に入ると僕たちが書道パフォーマンスの練習をしていたので、吊るされた特大画仙紙の陰に隠れて、美術準備室に向かう。そこでドアの窓越しに犯行を目撃し、ショックを受ける。少し呆《ぼう》然《ぜん》としたあと、どうしても犯人のことが許せない気持ちになり、相手をひそかに告発しようと考えた。

竹串を使ったのは、もちろん自分が告発者だとバレないようにするため。なにせ自分の作品を壊すほどの恨みを持った相手だからね。もし自分がその犯行を目撃し、さらには相手を告発したことまでバレたら、どんな逆恨みをされるかわかったもんじゃない。

長谷川さんは犯人が練習していた苗字を思い出し、最初は串で書きやすいカタカナで、その犯人の名前を書こうとする。けれどイの次の字を書こうとしたところで、濁点の有無がわからないことに気付き、どうしようかと迷う。

そのうちに、書道パフォーマンスも終わりに近づいてくる。グズグズしていると別の部員が入ってきてしまうかもしれない。長谷川さんは焦り、ひとまずカタカナを止《や》めて漢字で書き直そうとするが、『井』まで書いたところでついに音楽が最終段階に来てしまった。そこで慌てて大事な飾りだけを回収して、急いでその場を立ち去った——。

井の字の下のスペースにも串を取り除いたような跡があるから、もしかしたらほかにも何か字を書いて、訳あって取り消したのかもしれないけど。少なくとも名前をカタカナから漢字に切り替えたのは、書いたのが犯人の正しい苗字の読み方を知らない、詩緒さんだったから——言いたいのは、つまりそういうことだよね、兄さん？」

福太は苦笑いで頷く。——俺が言いたいことというか、カタカナの件以外はほとんどお前の推理だけどな。

「……本当なんですか、長谷川さん？」

マイカ先生が訊ねるが、やはり長谷川は答えない。マイカ先生は悩ましげな顔で、再び福太たちを向く。

「それでも……やっぱり『盗んだ』っていうのは、変じゃないですか？　彼女は自分の持ち物を取り戻しただけですし」

「『盗んだ』っていうのは」学太がぼそりと答える。「この事件のことじゃないです」

長谷川の頭が、またピクリと揺れる。

「長谷川さん。一つだけ、補足しとくけど」

福太はじっとその頭を見つめながら、静かに告げる。

「あの飾りを作ったのは、実はうちの母親なんだ」

えっ、と、初めてそこで長谷川が顔を上げた。

驚愕《きょうがく》の目で、まじまじと福太を見つめる。続いて視線を学太に移した。今度は学太が気まずげに視線を逸らす。

「そう……だったんですか」

ふうう、と長く息を吐く音が聞こえた。長谷川は胸の前でぎゅっと手を握ると、ゆっくりと立ち上がる。福太たちにあらためて向き直ると、両手を行儀よく前に揃えて、深々と頭を下げた。

「――はい。あのとき本物の宝石を盗んだのは、私です。お母さんに罪を着せてしまって、ごめんなさい」


「……理由を」

学太が抑えた声で、短く訊き返す。

長谷川は目を伏せ、かすれ声で言った。

「私の……お母さんが、昔付き合っていた人の話は、知ってますか？」

「うん。ひどい男だったらしいね」

「はい。だからって、言い訳にはならないけど……あのころの私は、必死だったんです。お母さんを守らなきゃ、って……」

声が小刻みに震える。

「お母さん、そいつからちょくちょくお金をせびられていました。もうこれ以上貸せない、貸すお金もないって、よく口論する声が聞こえてたんです。でもそいつ、お母さんが友達に宝石を貸したことを、どこかから聞きつけたらしくて。他人に貸すくらいなら俺に貸せって、お母さんを脅して――」

長谷川の表情が、嫌悪に歪《ゆが》む。

「それを聞いて私、それだけは絶対に嫌、って思いました。だってあれは、お母さんがお祖母ちゃんからもらったものだったから。お母さんも、大きくなったら私にくれる、って約束してくれてましたし。

どうしよう、って悩んでたとき、お母さんと参加した子供会の演劇会で、それとそっくりな飾りを見つけたんです。そのとき、思いました。これと入れ替えれば、あいつに渡さないで済むって――。

でもそれが、まさか木暮くんのお母さんが作ったものだったなんて」

長谷川が言葉を止め、こちらの様子を窺うようにこわごわ視線を上げた。学太が無表情に見返すと、萎縮するように顔を伏せ、一段とか細い声で釈明を続ける。

「……あいつ、返却された飾りを、私がこっそり入れ替えたとも知らずに、すぐに宝石店に売りに行きました。そこで偽物だって発覚して、また激怒して帰ってきて、恥かかせんなって暴れて……。それがすごく怖かったから、私、誰にも本当のことを言えなくなってしまったんです」

「……その売りに行ったのって、もしかして『ジュエリー神山』？」

「わかりません」長谷川は首を横に振る。「私はまだ幼かったので。それどころか、お母さんが宝石を貸した当の相手のことも、お母さんの友達って以外はよく知りませんでした。だから私、そのとき誓いました。『ごめんなさい。大人になったら、絶対にもらったお金は返します』って。そのあとはお母さんがその男と別れたり、多額の借金が発覚したりで、あまり考える余裕もなかったんですが……。でも、例の作品を作って試し弾きしていたとき、ふとこのことを思い出したんです」

「試し弾きで？　どうして」

長谷川はふっと表情を緩めると、店の中を見回す。

「この曲です」

「この曲って……今、BGMでかかっている？」

「はい。昔、東南アジアで流行《はや》った曲らしいですね。ネットにアップした動画でも弾きましたけど、この曲を教えてくれたのが、そのレジンの持ち主だったんです。

当時、あの男が怖くて泣いてたとき、店に来たその人が私を見つけて、慰めてくれました。そのとき、元気が出るからって教えてくれたのが、この曲です。辛《つら》いときこそ、楽しい歌を歌わなきゃ。楽しい気分になれば、自然と辛いことは逃げていくからって。それでその人に抱きしめられながら歌ってたら、本当に元気が出て――」

弱々しかった声が、少し力強さを取り戻す。

「それを思い出したら、私、居てもたってもいられなくなったんです。そんな優しくていい人に、ひどいことをしちゃった。謝らなくちゃ、少なくとも、お金を返す約束だけはしなきゃ……って。それでお母さんに、さりげなくその人のことを聞いたんですけど、なぜか教えてくれなくて……」

「それはたぶん、同じ学年に僕がいたからじゃないかな」と、学太。「長谷川さんのお母さんは、気を遣ったんだ。子供同士で、変に関係がギクシャクしないように」

長谷川詩緒の母親は、宝石を失くしたのはあくまで福太たちの母親の過失だと思っている。とすると、教えなかったのはむしろ福太たちに配慮してのことだろう。娘が同学年の相手の息子を悪く思わないように、黙っていてくれたわけだ。

「……そうかも。でも私、困ってしまいました。お母さんに正直に打ち明けようかとも考えたけど、そしたらお母さん、絶対にすぐお金を返すって言うに決まってるし。ただでさえお店が大変なのに、これ以上負担を掛けたくないから……。

それでふと、思ったんです。この飾りを作品に付けて出せば、その人に気付いてもらえるかもしれない。もし受賞すれば、いろんな人の目に触れるわけだし――あ、お母さんには、この飾りは偽物で、その失くした人からあとでこっそりもらった、って嘘つきました」

詩緒の母親は、昔の男が店名義で作った借金で今も苦しめられている。それで娘は言い出せなかった。作品に飾りを付けて探すという方法はやや遠回りすぎる気もするが、実際それで元太が気付いたわけだから、あながち的外れだったとも言えない。

また詩緒はその飾りを、「失くした人」――つまり福太たちの母親・怜からもらった偽物だ、と嘘をついた。そのため詩緒の母親も、娘が飾りを持っていたことに疑問を抱かなかったようだ。

テーブルに、奇妙な沈黙が下りた。ココナッツをやたら連呼する底抜けに陽気なＢＧＭを聴きつつ、福太は安堵《あんど》とも拍子抜けともつかない、気の抜けた感覚に襲われる。——結局、長谷川の母親もうちの母親も、どっちも悪くなかったってわけか。

「つまり……あの飾りの宝石は、本物だったってことですか」

ややあって、マイカ先生が沈黙を破る。

「全然気づきませんでした。私、物を見る目がなくて……ところで、長谷川さん」

「はい」

「あらためて、あなたの口から教えてくれますか？　作品を壊した、犯人の名前を」

そりゃあ訊くよな、と福太は思った。書道部顧問のマイカ先生にとって関心があるのはあくまで今回の「器物損壊事件」で、昔の盗難事件は関係ない。そして長谷川が例の告発メッセージの書き手であるなら、当然犯人を知っている。

「それは……」

長谷川の口が開きかけた。全員の視線が集中する。

「……言えません」

だが期待に反し、長谷川は答えを拒否した。

「待ちたいんです。相手が自分から、告白する気になるのを。目撃したときはショックで怖かったし、カアッと頭に血が上っちゃったから、ついあんなメッセージを残しちゃったけど——でも、よく考えてみれば、私だって自分が犯人だって告白するまでに、これだけ時間がかかったわけだし。きっと向こうにも、何かそうするだけの理由があったはずだから。その理由を知るまでは、私もその人を責めたくないんです」

長谷川が目を閉じる。彼女は昔を偲《しの》ぶようにしばらくBGMに合わせて鼻歌を口ずさむと、静かに瞼《まぶた》を開け、マイカ先生に向かって申し訳なさそうに頭を下げた。

「わがまま言ってすみません、先生。でも解決は、もう少し待ってもらえませんか」

マイカ先生は顎を手の甲に乗せ、何やら考え込む素振りを見せた。

不思議な表情だった。いつものおちゃらけた雰囲気は影を潜め、まるで宝石でも鑑定するかのような思慮深い眼差しを、じっと長谷川に注ぐ。

やがてふっと表情を緩め、ジャスミンティーのストローに口をつけた。

「わかりました、待ちましょう。どうやら私も、あなたに借りがあるようですし」

借り？　と福太が首を傾げると同時に、長谷川がハッと顔色を変えた。「もしかして、先生……」と何か口にしかけたが、マイカ先生は唇の前に人差し指を立て、悪戯《いたずら》っぽく片目をつぶる。

「あなたはレジンの人……木暮君のお母さんから、とてもいいものをもらいましたね。その優しさがあれば、マイペンライ。きっとすべて、うまくいきます」

9

マイペンライとはタイの言葉で、「問題ない」といった意味——らしい。

そう、学太に聞いた。喫茶店での一連の種明かしを終え、家路を辿《たど》る途中。学太が母親の墓に寄りたいと言うので、銀波寺の墓地に向かっているところだった。普段は静かな山門前が屋台や人出で賑《にぎわ》っているのを見て、ふと気づく。そういや、この土日は寺で祭りをしてたっけ。年に一度の本尊の御開帳日だとかなんとか……明日にでも良太を連れてってやるか。

「……マイカ先生の借りって、なんだろうな？」

イカ焼きの旨そうな匂いに気を取られつつ、福太はつぶやく。

「知らない。小銭でも借りたんじゃないの。先生、たまに財布を忘れて生徒からお金借りてるし
——けど、悔しいなあ」

「何が？」

「今度の推理。また福太に負けちゃったよ」

学太が山門を見上げて、これ見よがしにため息をつく。

「俺はアイディアを出しただけだ。推理を完成させたのはお前だろ」

「そのアイディアで負けたのが、悔しいんだよ」

「勝ち負けじゃねえだろ、こういうのは。——それにしても、壊した犯人っていったい誰だったんだ？」

「さあてね。出入りの順番から、てっきり告発者の手前の人が犯人かと思ってたけど。あんな形で長谷川さんが横入りできたのなら、誰もが犯人の可能性があるよ」

宝石の件が片付いて、もう事件に興味を無くしたのだろう。学太は投げやりに言うと、ポケットに手を突っ込んで歩き出した。前から楽しげにはしゃぐ親子連れが下りてきたので、福太たちはそっと階段の脇に寄って道を譲る。

「……そういや、学太。井戸木生真子さんは、なんで長谷川さんに気を遣ってたんだ？　長谷川

さんの母親、別に悪い人でもなかっただろ」

「それだけど、井戸木さんが万引きして捕まったとき、間に入って庇《かば》ってくれたのが娘の長谷川さんだったらしいよ。彼女自身、昔似たようなことしてるから、つい自分を重ねたんじゃないかな。それで井戸木さんは恩義を感じて、長谷川さんに尽くしているみたい」

ふうん、と福太は鼻を鳴らす。マイカ先生の台詞《せりふ》ではないが、長谷川家の娘が思いやり深い人間に育ってくれたことが、せめてもの救いか。

「彼女……お袋が払った金を将来返す、って言ってたな。あれ、どうする？」

「別に、必要ないよ」学太はどうでもいい、という口ぶりで、「うちは今、それほど経済的に困ってないし。僕が母さんの事件を解明したかったのは、お金のためじゃない。ただ、なんというか……」

「お袋の汚名をそそぎたかった――か？」

「うん、まあ……今の今まで、僕もそう思ってたけど。でも、それもなんか違うや。いったい僕は、何がしたかったんだろう？」

学太は自問しながら空に向かって伸びをし、

「たぶん、すべてがわかっても、結局母さんは騙されたことに変わりないんだ、っていうのがムカつくんだと思う。母さん、きっと自分を責めただろうね。友達の大事な宝石を失くした自分を責めて、貴重な家計の収入を無駄にしてしまったことを後悔して……そういうことの一つ一つが、たぶん許せないだけ」

それは……本当に、どうしようもないことだ。

いくら過去の謎を暴き、秘められた真相を知ろうと、起きてしまった事実は変えられない。今の自分たちにできることといえば、こうして墓前に報告に行くくらいだ。

世の中には、マイペンライ、とはいかないこともある。

「あ……」

銀波寺の長い石段を登り、墓地に向かう遊歩道の途中まで来たところで、学太が立ち止まった。

雑木林の木漏れ日が差し込むベンチに、見覚えのある人影があった。

神山だ。

ここまで来ると人通りも少ない。神山は一人、周囲に無造作に咲く山百合《やまゆり》を眺めつつ、手元の水筒らしきものからプラカップに赤い液体を注《つ》いでいた。風に乗り、遠くにいた福太の鼻先まで、ぷうんと甘酸っぱさを含んだアルコールの匂いが届く。……ワインか、あれ?

「おや……」

相手も気付いた。福太たちは形だけ頭を下げ、足早にその脇を通り過ぎようとする。

すると神山はおもむろに皺立った手を上げ、ひい、ふう、みい……と指折り数え始めた。

「およそ十年越しかい。ようやくアンタらの母親も、冤罪《えんざい》が晴れたみたいだね」

ぎくりとした。思わず振り返り、訊き返す。

「……なんで、知ってるんですか?」

「さあてね」

神山はニヤリと笑う。

「夢占いで判じたとでも言えば信じるかい。一つ釘を刺しとくと、アタシはあの事件には一口も絡んじゃいないよ。あれについちゃ、アタシはカカシさ。畑の真ん中にどでんと腰を据えて、足元でピーチクパーチク囀《さえず》る雀《すずめ》どもの、高みの見物を決めこんでたってだけ」

学太の眉間が険しくなった。福太も不快感を覚える。神山がどこまで事実を知っていたかは知らない。だが、もしすべてを知っていて見て見ぬふりをしたというなら、それは共犯も同然だ。

「行こう。福太」

学太が歩き出す。福太は神山に一瞥《いちべつ》をくれてから、後を追う。

「ああ、それともう一つ」神山がさらに声をかけてきた。「私はね、あの子——アンタらの母親を、別に冷やかしがてら見舞いに行ったわけじゃないよ」

福太たちは無視して歩き続ける。

「あの子が訊いてきたんだよ。商店街で一番情報通のアタシに、あの楽器屋のことをね。訊けばアンタらの母親、目撃していたらしいじゃないか。あの楽器屋の娘が、演劇会のときに飾りを盗むところを」

えっ、と、兄弟で同時に足を止めた。反射的に振り向く。

「まあ、所詮は作り物だったからね。そんときは、あとで注意すればいいだろう、くらいに暢気《のんき》に構えていたらしいけど——そこであの、すり替え騒ぎだろ。それであの子、ピンときたらしくてね」

「つまり……母さんは」

学太がかすれ声で言う。

「最初から彼女が盗んだって知ってて、お金を払ったってことですか？」

神山は笑っているのか、答える代わりに上半身をふらふら揺らす。

「アタシもね、言ってやったんだよ。そんな他人の家の面倒事、何もアンタが抱えこむことはないだろうって。そしたらあの子、もし真相をばらしたら、盗んだ娘が家でどんな仕打ちを受けるかわからないからって……。そんときは何を悠長なこと言ってんだいって、ただただ呆《あき》れ返ったけどね」

ワインの入ったプラカップを目の高さに掲げ、ぐいと飲み干す。

「自分もアンタらみたいな手の焼ける男のガキ、三人も抱えてさ。毎日米代にもヒーヒー言ってたくせに。ああいうお人好しが、真っ先に早死にしちまうんだよ。嫌だね、この世ってやつは」

「……なるほどな」

キッチンで小気味よくフライパンを振りながら、元太が言う。

「だからあんなにしょっちゅう、『エンジェル楽器』に通ってたのか。あの母親」

夕食時。福太たちが他の兄弟二人に事件の真相を伝えると、元太が納得したような口ぶりで語り始めた。

元太の記憶によれば、母親はあの事件のあとも足繁《あししげ》く長谷川のもとに通っていたらしい。その後しばらくして長谷川夫婦が別れたところを見ると、うちの母親が長谷川の母親を根気よく説得し、別れさせたのではないか、というのが元太の意見だった。

「でもさ、兄貴」福太は皿のおかずをつまみ食いしつつ、「それなら、別れたあとに真相を打ちあけて、金は返してもらっても良かったんじゃねえの？　お袋」

「まあ、まだ向こうも借金があったみたいだしな……」

「っていうかさ」学太が割り込む。「母さん、たぶん忘れてたんじゃない？　弁償のこと自体」

「ああ……ありうるな、それ」

福太と元太は同時に頷く。一つのことに夢中になると、玉突きのようにほかのことがスコーンと抜けてしまうのが、あの母親である。

「福太。ちょっとそこ、空けてくれ」

元太がキッチンカウンターを回り、フライパンを持ってきた。福太は慌てて食卓に広げてあった絵本を脇にのける。〈幸福の王子〉だ。良太が話を知らないと言うので棚から引っ張り出し、読み聞かせようとしていたところである。

「うまそー」

トングで綺麗《きれい》に盛られたパスタに顔を近づけ、良太がアヒルのように尻を振る。福太がその尻を戯れにパシンと叩くと、末弟はキャッキャと笑いながら椅子の上で器用にひっくり返った。学太がそれを白い目で見つつ、冷蔵庫から自分で盛りつけたサラダを持ってくる。

そうこうするうちにも元太がパスタの第二陣を完成させ、食卓に四人分の料理が出揃った。各々席につき、バターのいい匂いが立ち昇る皿の前で、軽く両手を合わせる。

「そんじゃ――いただきます」

ガチャガチャと食器の音が響く。今晩の元太の料理は、アスパラとベーコンのシンプルなパスタだった。――そういやこの組み合わせ、よく母親が作ってたな。

「うめー」

口いっぱいにパスタを頬張った良太が、至福の笑顔を見せる。

続いて、兄たちに訊いた。

「これが、母ちゃんの味？」

福太は一口食べて、首を捻る。

「いや……お袋のは、こんなに旨くなかったよな」

「うん。なんなら父さんが作ったパスタのほうが、全然凝ってて美味《おい》しかったし」

「……たぶん俺、味覚は父親譲りなんだと思うわ」

元太も認めた。元太は常々、思い出の「お袋の味」を良太にも味わわせようと挑戦している。しかし母親の素人料理を再現するには当人の腕が上がり過ぎてしまったようで、その味は近づくどころか、もはや本家を一億光年先まで追い越してしまっている。

「俺ってさ」元太がやや悩み顔で、「どうも味にこだわりすぎるみたいなんだよな。だから先輩にラーメンの出来を聞かれたときも、大衆受けするのはこんな味かなって……」

「いや。あの店主にそんな配慮は必要ないから」

学太が冷淡に突っ込む。良太はフォークを咥《くわ》えながら、じっと兄たちの顔を見回した。次いで皿を見つめて、ちゅるんと口からはみ出たパスタを吸い込む。

「難しいんだなー、母ちゃんの味」

福太たちは、目を見合わせた。

元太がふっと頬を緩め、学太が「ある意味ね」と返す。そうだな、と福太も微笑んだ。あの母親はやることなすこと、いつも単純平凡なようでいて難しい。

――〈幸福の王子〉の話は嫌いだ。己の私財を投げ売ってまで、人知れず善行を続けた高潔な王子。しかしその結果、人々に感謝されるどころか最後は鉄くずとして処分されるというあの報われない話を聞くと、自己犠牲の精神がどうとかいうより、ただの馬鹿なんじゃねえのという気持ちがつい先立ってしまう。

だが――そういった損得抜きに、自分の行いで誰かが救われたことを素直に喜ぶことができれば、きっとそれはそれで、スカッと気持ちの晴れることなのだろう。

そしてそれを、「幸福な気持ち」と呼ぶのかもしれない。

そんな境地に、いつか至れるのだろうか。

福太は食卓の脇に寄せた絵本に目をやり、ふっと口元を緩める。まあ、今の俺には、いろいろ難しいけど――やるだけやってみるよ、お袋。

福太の名前に、恥じないように。

第三話

親子喧嘩と注文の多い料理店

「だからさ、西洋料理店というのは、ぼくの考えるところでは、西洋料理を、来た人にたべさせるのではなくて、来た人を西洋料理にして、食べてやる家《うち》とこういうことなんだ。これは、その、つ、つ、つ、つまり、ぼ、ぼ、ぼくらが……。」がたがたがたがた、ふるえだしてもうものが言えませんでした。

「その、ぼ、ぼくらが、……うわあ。」がたがたがたがたふるえだして、もうものが言えませんでした。

「遁《に》げ……。」がたがたしながら一人の紳士はうしろの戸を押《お》そうとしましたが、どうです、戸はもう一分《いちぶ》も動きませんでした。

　奥の方にはまだ一枚扉があって、大きなかぎ穴が二つつき、銀いろのホークとナイフの形が切りだしてあって、

「いや、わざわざご苦労です。　大へん結構にできました。

さあさあおなかにおはいりください。」

注文の多い料理店

原作：宮沢賢治

1

「人間って、罪深いよな」

川に向かって釣竿《つりざお》を振りながら、圭人《けいと》が言った。

「何だよ、急に」

食いつきが悪い疑似餌のワームを別のものにつけかえつつ、福太《ふくた》は訊《き》き返す。

「だってよ。別に食うわけでもないのに、魚を騙《だま》して釣り上げるんだぜ？　しかも使う餌まで偽物ときてやがる。こんなの二重の詐欺じゃん」

「お前、全然騙せてねえじゃん」

空《から》のクーラーボックスを覗《のぞ》き込み、冷ややかに言う。圭人はへへっと笑うと、慣れた手つきでルアーをしゅっと川の真ん中まで投げ込んだ。投げ方だけは一丁前だ。

川面《かわも》がミラーボールのように煌《きら》めく、夏の天ッ瀬川《あませがわ》。つい最近、台風で氾濫したばかりで、いつもより水量が多い。高校も夏休みに入り、剣道部の仲間二人とともに釣りに来ているところだった。福太としては海釣りがよかったのだが、増水後の川は大物が釣れるというほか二人の主張に押されて、泣く泣く付き合っている。

「だったら、食うために釣ればいいんじゃないの？」

二人目の仲間、小太りの卓郎《たくろう》が、ふわあとあくびをしながら言った。卓郎は福太たちのように投げ釣りはせず、一人川岸の流木の集まるポイントに向かって、生餌でウキ釣りをしている。

──あんな隅っこでなにを狙ってるんだ？　フナ？

　主人が流木近くにルアーを投げ込み、言い返した。

「バスは食べられねえだろ」

「食べられるよ。ちゃんと下処理すれば、臭みも気にならないって」

「へえ……だったら、福太の兄貴に料理してもらおっかな」

「釣れたらな」

　福太は釘《くぎ》を刺す。兄の元太《げんた》はプロの料理人だ。たまに元太が作った弁当を持っていくと、仲間内でおかずのぶんどり合戦が起こる。

「福太の兄ちゃんと言えばさ」

　卓郎が竿を小刻みに上下させながら、言った。

「『ウール・ド・ボヌール』ってあるじゃん。福太の兄ちゃんが働いている店。あそこって最近、経営方針が変わった？」

「え？　知らねえけど、何で？」

「ウール・ド・ボヌール」は、元太が勤めるフレンチレストランだ。若者も気軽に入れるカジュアルさと本場顔負けの味の良さが売りで、地元で知らない人はいない。

「いやさ。うちの母ちゃん、料理下手《へた》だろ。それは本当に旨《うま》い料理を知らないからだって父ちゃんが言って、奮発して家族で行ったんだよ。そしたら──」

「料理が不味《まず》かった？」

「いや。料理は評判通り旨かったんだけど、店員の態度が良くなくてさ」

「店員が？　嘘《うそ》だろ。兄貴の店、接客にも力入れてるはずだぜ」

「うん。俺もそう聞いてたから、ちょっとびっくりしちゃって。接客態度がどうのってより、そもそも日本語がよく通じない外国人スタッフが多くってさ。母ちゃん、すっかり機嫌悪くなっちゃって。『やっぱり料理は味より愛情よね』って、逆に開き直られちゃったよ」

「ふうん……」

福太は首を傾《かし》げた。確かあの店って、採用基準がかなり厳しかったはずだけどな。人手不足か？

「お前の母親、家族に旨いものを食わそうって愛情はないんかな」主人が捻《ひね》くれた感想を言ってから、「ところでその竿、さっきから引いてね？」

「えっ？　あっ——やば」

卓郎が慌てて竿を引き上げる。直後に「うおお」と歓声が上がった。釣り針に、茶色い枯葉のようなものが引っかかっている。

「なにそれ。ゴミ？」

「テナガエビ。こいつ、素揚げにすると旨いんだ。これなら母ちゃんも料理できる」

卓郎はガッツポーズで答えた。サバイバルみたいな食生活してんな、こいつ——と若干同情しつつも、まあ、毎食用意してもらえるだけありがたいけどな、と、羨望の気持ちも抱いた。そういや今日の食事当番、俺だっけ。さて、夕飯は何にするか——。そんなことを考えつつ、適当に竿を振ったのがよくなかったのだろう。釣り針が明後日《あさって》の方向に飛び、川岸の茂みに引っかかった。

ちぇっと舌打ちする。これだから、川釣りは嫌いだ。

「とれるか？」

「大丈夫」

主人に答えて、茂みに向かう。そこでおや、と足を止めた。よく見ると、針が引っかかっているのは草木ではない。川岸に転がっているクーラーボックスだ。

「何だ、それ？」

ついてきた主人が、肩越しに覗き込んだ。

「さあ」

「誰かの忘れ物か？　釣り用にしちゃ、ちょっと大きいな」

「そういえば、この近くって食肉卸会社の倉庫があったよね」卓郎もあとからやってきて言う。

「そこの備品じゃない？　この前の川の氾濫で、流れてきたとか」

「食肉卸会社のクーラーボックス？　ってことは、中身は肉か？」

「でも、この暑さじゃさすがに腐ってるよね……」

腐ってなきゃ食べる気かよ。内心突っ込みを入れつつ、蓋《ふた》を開ける。中を覗いて、福太はおっと呟《つぶや》いた。

主人が食い気味に訊いてくる。

「何だった？　やっぱり肉か？」

「肉――というか、肉関係――」

「本当？　俺にも見せてよ。レトルトや缶詰なら、ワンチャン食べられるってことも――」

福太の手が、クーラーボックスの中に伸びる。

「食うか？」

そこから拾ってみせたのは、焼き鳥の特集本だった。


「福太兄ちゃん。オレ、もうニク食べない」

家に帰ると、末っ子の良太《りょうた》がそう宣言してきた。

泣いたのか、目の周りが赤い。何だ、腹の調子でも悪いのか？　福太が心配になって訊くと、良太はぶるぶる首を振り、ダッと自分の部屋に逃げ込んでしまう。

「アイツ、単純だなあ」

入れ替わりに、小柄で色白の眼鏡《めがね》男子がリビングに入ってきた。三男の学太《がくた》だ。

「急にどうしたんだ？　良太のヤツ」

「授業の影響みたい。今日、小学校で『食育』の時間があって、それまでクラスで世話してた鶏をみんなで捌《さば》いて食べたんだってさ。それでショックを受けたんだろ」

それは切ない。良太は動物好きで、餌やり当番の日にはキャベツのクズを嬉《うれ》しそうに持って行っていたことを思い出した。代わりの動物でも飼ってやりたいところだが、あいにくマンションはペット不可だ。

「そうか……けど困ったな。今日の晩飯、焼き鳥の予定だったんだが」

「焼き鳥？　もしかして『串真佐《くしまさ》』さんの？」

「いや」福太は持っていた雑誌を見せる。「手作り。これ、焼き鳥を特集した本でさ。ムック本っての？　店の紹介のほかにも旨そうなレシピが載ってたから、作ってみようと思って」

「へえ。ちょっと見せてよ」

学太が意外にも興味を示して、本を奪い取る。

「日本ヤキトリ愛好会……？　聞いたことのない出版社だな。ぎんなみ商店街の店も一軒、紹介されてるね。やっぱり『串真佐』さんか。お、編集部が選ぶランキング二位じゃん。彼女、喜ぶな」

焼き鳥店「串真佐」は、ぎんなみ商店街の人気店だ。その旨さは元太の舌も唸《うな》らすほどで、福太もよく利用する。ちなみに少し前、銀波中学で起きた「器物損壊事件」をきっかけに、そこの三姉妹の三女と学太は仲良くなったらしい。

「——あれ？　なにこれ。落丁本？」

パラパラと本をめくっていた学太が、途中のページを見せてきた。ところどころ、虫食いみたいな四角い穴がある。

「知らね。前の持ち主が切り抜いたんじゃね」

「前の持ち主って……借りたの？　このムック本」

「いや、拾った。河原《かわら》で」

「河原で？」

学太が顔をしかめ、嫌そうに本を遠ざけた。

「もしかしてこれ、天ツ瀬川の河原に落ちてたの？　汚いな。そんなもの拾ってくるなよ」

「いや、クーラーボックスに入ってたし——それに値段見ろよ。買ったら千円くらいするぜ、これ」

「だからって、本そのものを持ってくる必要はないだろ。レシピのところだけ、写真を撮ってくればよかったじゃん」

その手があったか。福太は友人の真似《まね》をして、へへっと笑って誤魔化《ごまか》す。

「……まな板には置かないでよ」

学太はバイキンに触れるような手つきで本をつまんで返すと、早速洗面所に向かっていった。へいへい、と福太は肩をすくめ、粛々と台所へ向かう。

2

「……福太。ちょっといい？」

夕食の調理をしていると、学太がやや深刻そうな顔で台所へやってきた。手にはノートと、タブレットＰＣを持っている。

「何だよ」

「さっきの雑誌だけど、あれ、どこで拾った？」

「だから、河原」

「正確には、どのへん？　天神橋《てんじんばし》の近く？」

やけにしつこく訊いてくる。福太は学太がタブレットに表示した地図を、面倒がりつつに指さした。天ツ瀬川の中流あたりに架かる橋、天神橋よりも少し上流。卓郎が言った通り、食肉卸会社の倉庫がある付近だ。

学太は地図を見つつ、ふーんと唸る。

「いやね。さっき、桃《もも》さんにお祝いメッセージを送ろうとしたんだよ」

「桃さん？　——ああ、『串真佐』んところの三姉妹の」

「うん。けど、さすがに拾った雑誌で見たって言うのも悪いから、電子書籍版を買ったんだ。それでちょっと本の切り抜きが気になって、その部分の文字を抜き出して並べてみたんだけど——見てよ、これ」

そういって、ノートに書きつけた文字を見せてくる。

取引　だ
八月十日　午前二時　天神橋　下の　ボートに　三百万　を乗せろ
代わりに　橋上の　看板　裏に　さらった　女　を置く

福太は鶏肉《とりにく》を切る手を止めた。

「何だこりゃ？」

「こうして並べると、誘拐の脅迫状っぽく見えない？」

「見えるもなにも——え？　ってことは、あの雑誌、どこかの誘拐犯が脅迫状を作るのに使ったってことか？　冗談だろ」

「冗談……ならいいんだけど」

学太は真顔でノートを見つめつつ、

「福太は知らない？　最近流行《はや》ってる、『アンケート』って都市伝説」

「アンケート？　いや、初耳だけど」

「バリエーションはいろいろあるみたいだけど、僕が聞いたのはこんな感じ。ある美食家が、『厳選した食材』が売りという会員制レストランに行くんだ。すると最初に、『当店ではお客様に最適な料理をご提供するため、アンケートにご協力いただいています』と言われて、様々な質問に答えさせられる。氏名や住所のほか、身長や体重、病歴、服用中の薬など、かなり細かいことまでね。


美食家はさすがこだわりの店だなあと、感心しながらアンケートに全部回答する。答え終わると、『ご協力ありがとうございました、料理ができるまでこちらを飲んでお待ちください』と言われて、食前酒を提供される。美食家がそれを飲みながらウキウキと待っていると、急に眠気に襲われ、寝入ってしまう。

で、美食家の体はそのまま奥の調理室に運ばれて、本当の『お客』に提供されてしまう。飲まされたのは睡眠薬入りの酒で、『厳選した食材』ってのはまさにその美食家の体だった、ってオチ」


何だそりゃ、と福太は苦笑いする。いかにも都市伝説らしい、ベタベタな展開だ。

「それってあれみたいだな。ほら、お袋が好きだった、宮沢賢治《みやざわけんじ》の……」

「『注文の多い料理店』？」

「それそれ」

「似てるっていうか、それが元ネタなんじゃないの？　ただこの都市伝説、僕たちにも全く無関係ってわけじゃなくてさ。福太は知ってる？　このせいで、元太の店が風評被害を受けてるの」

「え？　何で？」

「元太の店、最近オーナーが変わってさ。そのせいか外国人スタッフが急増したんだけど、その中のベトナム人の女性スタッフが一人、行方《ゆくえ》不明になったらしい。それで――」

「その女性スタッフを食材にってか？　バカバカしい」

風評が聞いて呆《あき》れる。大昔、某大手ハンバーガーチェーンがパティにミミズの肉を使っているという悪質なデマが流れたことがあったらしいが、それ以下のレベルだ。

「くだらないよね。ただ、その行方不明になったベトナム人女性スタッフってのが、マイカ先生の知り合いらしくてさ」

「え、マジか？」

福太の脳裏に、煽情《せんじょう》的なスタイルの美人中学校教師の笑顔が浮かび上がる。祖母がタイ人、実家が大地主の資産家令嬢という、あのマイカ先生か。

「マイカ先生、ボランティアで日本語学校でも教えていて、そこの生徒だったみたい。それで今日、先生からちょうど相談を受けてたところだったんだけど――」

「その失踪事件と、この脅迫状が関係してるんじゃねえかってことか？」

「うん」

「ありえねえだろ……。第一、食材にするつもりで攫《さら》うなら、そもそも脅迫状なんていらねえだろ。作り話にしても辻褄《つじつま》が合わねえよ」

「だから都市伝説のほうは、誘拐犯がカモフラージュのために広げたデマでさ。裏では実際に身代金目的の誘拐事件が起きていた――っていうのは、さすがに考えすぎか」

自分で言っていてバカらしくなってきたのだろう。学太が苦笑する。

「まあ、この文自体、僕が勝手に並べて作ったものだしね。『さらった女を置く』なんて、日本語としてちょっと不自然だし。それに仮に万一、これが本物でも、どのみち『取引』は終わっているよ。この脅迫状の指定日は八月十日で、今日は八月十二日だから。

でも、なにかの手掛かりになるかもしれないから、一応このことはマイカ先生に伝えておこうと思う。警察にも届けるかもしれないけど、いいよね？」

「それは構わねえけど……」

何だか大ごとになってきた。神経質すぎるんだよな、こいつ。どうせこんなの、そこらのガキの悪戯《いたずら》だろ。日本語がぎこちないのも、ガキが考えた文章だとすれば納得いくし――。

「そういや、学太」そこでふと悪友との会話を思い出し、訊《たず》ねる。「お前今、兄貴の店のオーナーが変わったって言ったか？」

「うん。前のオーナーが権利を売却したみたい。外国人の採用を増やしたのは、今増えつつあるインバウンドの海外客向けにらしいよ。ただ本当の狙いは、単なる人件費の削減じゃないかと僕は睨《にら》んでるけど」

そういう事情か。オーナーが変わって店がダメになる話はよく聞くが、兄貴の店は大丈夫だろうか。

要らぬ気を揉《も》んでいると、ピンポーン、と呼び鈴が鳴った。宅配か？　先に反応した学太が玄関に行き、またすぐ戻ってくる。

「千草《ちぐさ》先生だ。福太。僕は今パンツいっちょうだから、代わりに出てよ」

ニヤニヤしながら言う。千草というのは、学太が通う塾で講師のバイトをしている女子大生だ。元太のファンで、学太をダシになにかと理由をつけては家までおしかけてくる。

何で俺が、と言い返そうとしたが、見ると確かに学太は柄物のトランクス一枚という無防備な格好だった。仕方なく包丁を置き、玄関に向かう。どうでもいいが、どうも弟は兄の自分が千草のことを好きだと思い込んでいるらしい。こういう中学生らしからぬ気を回すところも、可愛《かわい》げがない理由だ。

「あ……福太、くん」

開けると、ふわりとした茶髪の可愛らしい女性が立っていた。間があったのは、福太の名前を思い出すのに時間がかかったせいだろう。たっぷり五秒はかかったな、と苦笑いする。

「どうもこんばんは、千草先生」

「こんばんは……。ごめんね、夕食どきに。ええと、学太くん、いるかな？　前に弟の良太くんに食べさせたいって言ってた、思い出のお母さんの料理、作ってきたんだけど」

そう言って、布のかかった籠《かご》を渡してくる。めくると、中にはクリスマス料理のようなチキンの照り焼きが入っていた。いろいろタイミングが悪い。

「えっと……ありがとうございます。あとで頂きます」

「今、福太くん、一人？」

「学太と良太はいます。元太は、ここしばらく泊まりで仕事です」

「泊まりで……」

千草は虚空を見つめたあと、放心した口調で言う。

「ってことはやっぱり……彼女さんと同棲《どうせい》を？」

「え？」

「元太が彼女と同棲？　何の話ですか」

すると奥から、スウェットに着替えた学太がやってきた。千草はハッと我に返った様子で、笑顔を作る。

「こんばんは、学太くん」

「こんばんは、千草先生——今、なにか変なことを言ってませんでした？　元太に彼女がどうとか」

「あ、うん……学太くんは、知らない？　最近、元太さんに彼女ができたかどうか」

「いえ。聞いてませんが」

「そうなんだ」

千草の視線が宙をさまよう。

「じゃあ、まだ家族にも内緒にしてるのかな……。実は私、目撃しちゃって」

「なにをですか？」

「元太さんが、コンビニで女性物の買い物をしているところ。先月の中旬くらいだったかな。ストッキングとか、生理用品とか——学太くんのうちなら誰もそんなもの必要としないし、ただの知り合いならそこまでの買い物は頼まれないでしょう？　私の妹でも、その手の頼みごとをするとすごい嫌な顔をするし。ってことはやっぱり、彼女さんなのかなって……」

千草が頬に手を当て、ぶつぶつ呟き出す。

「でも、家族にも内緒にしてるってことは……同棲場所は近所ではない？　ならもう少し、調べる範囲を広げてみないと……」

「あの……千草先生？」

「あっ、ごめんね」千草は笑顔で取り繕いつつ、「今のはこっちの話。なるほどね、ありがとう。じゃあまたなにか元太さんについて情報が入ったら、連絡するね。私、最近インスタにはまってて、写真撮りにいろんなところ散歩しているから」

じゃあね、と朗らかに手を振り、バタンとドアを閉める。

トタタタ、と軽やかに離れていく足音を聞きつつ、福太と学太はお互いの顔を見やった。


「……まあ、あの兄貴だしな」

千草が帰ったあと、ようやく作り終えた夕食をテーブルに並べながら、福太は言う。

「彼女の一人や二人くらい、いてもおかしくないだろ。あの面《つら》の良さなら」

学太も茶碗《ちゃわん》に飯をよそいつつ、うーんと首を捻る。

「でも、そんな気配は全然なかったけどなあ……。元太は確かにモテるけど、本人は相当なマザコンだから、なかなか彼女ができないんだよ」

へえ、と相槌《あいづち》を打つ。元太はモデルばりのイケメンなので、モテすぎて一人に決められないだけかと思っていたが……。そういえば兄貴の歴代の彼女は、全員年上だった気がする。

「それにさ」と、学太が続ける。「元太が女物を買っていたからと言って、それが恋人用とは限らないよ。たとえば……」

「何だよ。まさか、兄貴に女装趣味があったとか？」

「女装で生理用品まで使わないだろ。違うって。だから、誘拐だよ。もし誘拐犯が女性を監禁していたとしたら、とりあえず身の回りの物が必要だろ」

福太はあっと呟く。その発想はなかった。つまり兄貴が――誘拐犯？

いやいや、と即座に首を振る。

「お前それ、本気で言ってる？」

「まさか」

学太もペロッと舌を出し、

「ちょっと妄想してみただけ。さっきまで脅迫状の話をしてたから、つい、ね。まああの脅迫状だって、別に本物だと信じているわけではないし。あの文面、言葉遣い以外にもちょっと変な部分があるしね」

「言葉遣い以外に？　どこが？」

「人質の解放場所の部分。『橋上《はしうえ》の看板裏』ってあるけど、天神橋に看板なんてあったっけ？」

「あれじゃねえの？　橋の途中にあった、補強工事予定のお知らせのヤツ」

「ああ、あの立て看板……。かもしれないけど、そんな細かい場所まで指定する必要がある？　単に人質を解放するなら、『橋上』だけでいいじゃん」

それもそうか。天神橋は車がギリギリすれ違える程度の小さな橋で、人通りも少ない。橋の上に人が立っていればいやでも目に入る。

「人質を『置く』という表現といい、あれを本物の誘拐の脅迫状とすると、やっぱり違和感しかないんだよ。まるで日本語をよく知らない人が、見よう見まねで文章を捻り出したような……。もしかしたらなにかその看板にこだわる理由があったのかもしれないけど、橋が壊れた今となっては、確かめようがないし」

当の天神橋は先週の八月三日、台風で川が氾濫した影響で、壊れてしまった。「補強工事」は間に合わなかったらしい。

「でもよ。そのマイカ先生の知り合いのベトナム人女性が行方をくらましたってのは、本当なんだろう？　その女性が兄貴と同じ店で働いていたのも」

「そうだけど、それも事件性はどうかな……。マイカ先生によると、その女性、どうも性質《たち》の悪い男と付き合っていたみたいなんだ。それで本人は別れたがってたって言うから――」

「……そいつと縁を切るために、身を隠したってことか？」

「うん。それに、彼女は隠れて水商売のアルバイトもしていたみたい。語学留学のビザはその手の仕事は許可されていないから、それが発覚して強制送還されるのを恐れて、逃げたってことも」

こいつ、中学生のくせに何でそんなことに詳しいんだ？

上の弟は本当に同じ血が流れているのかと疑うくらい賢いので、知識や頭の回転の速さではとても敵《かな》わない。まあ何にせよ、ここで議論していても埒《らち》が明かないのは確かだった。元太に詳細を訊きたいところだが、そのオーナーの交代とやらで店が忙しいのか、先月くらいからほぼ泊まり込みで仕事をしていて、あまり帰宅していない。電話もかけてみたが、やはり出なかった。一応メッセージは送っておいたが、連絡もマメな口ではないので、返信は二日後なんてことはざらにある。

「……福太兄ちゃん。それ、ニク？」

リビングから、かぼそい声が聞こえた。ソファに隠れるようにしながら、良太がこちらを覗いている。

「良太、こっちこい。晩飯だぞ」

「オレ、ニクは食べない」

「だから、肉じゃねえって。大豆ミート」

福太は大皿に盛った串を指さして、安心させるように言う。冷蔵庫を漁《あさ》ったら、ちょうどストックがあったのだ。店でベジタリアン向けのメニューでも出す予定なのか、元太が試作用に買い置きしていたらしい。

良太が警戒心丸出しで、席に着く。甘辛のタレを絡めたフェイク肉を疑い深そうに眺め、「これ、本当にニクじゃない？」と何度も福太に確認した。

辛抱強く肯定し続けると、ようやく一口、口に入れる。途端に目を輝かせ、ガツガツ食べ始めた。どうやらお気に召したようだ。

福太もホッとして食べ始める。すると今度は、学太が一口食べたところでなぜか固まった。

「福太……これって、例のあの本に載ってたレシピ？」

「うん？　ああ、そうだけど」

学太が急に席を立った。何だ、味付け変だったか？　気にしつつ見ていると、学太は小走りでリビングを出ていき、また戻ってくる。

「見てよ、これ。福太」

「何だ？」

「元太のレシピノート。元太は研究熱心だから、家で作った料理は必ずレシピを残してるんだ。今、福太が作った料理の味に覚えがあったから、ちょっと確認してみたんだけど……」

学太の手には、片方に使い古したノート、もう片方にタブレットがあった。その両方のレシピのページを見て、福太はあっと声を上げる。

「まったく同じ？」

「そう。このノートに載っているレシピが、例のムック本にある『ベトナム風焼き鳥』とそっくりなんだ。調味料の配分はグラム数までぴったり同じで、フレンチでは使わない香辛料も入ってるし」

「つまり――兄貴はこの脅迫状に使われたのと同じ本を、実際に読んでいたってことか？」

「うん」

学太が福太を見上げ、珍しく弱々しい口調で、訊いてきた。

「ねえ、福太。まさか、元太が本当に誘拐に関わっているってことは……ないよね？」

3

「そのレシピ？　ああ、うちのだよ」

鬚面《ひげづら》の店主が、グラスを拭きながら答える。

「その本の編集者が、何か月か前うちの店に来てね。『串真佐』さんの取材ついでに寄ったみたいだけど、そのときうちの『ベトナム風焼き鳥』を食べて、ぜひレシピを掲載させてほしいって頼まれて……」

ぎんなみ商店街にある新参アジアンカフェ、「DA《ダ・》 COCONUT《ココナット》」。その店主の椰子島吾郎《やしじまごろう》と、福太たちは話しているところだった。

あれからムック本を再確認したところ、例のレシピに「提供／ダ・ココナット」と注記があったことに学太が気付いた。それで翌日の午前中、開店時間も早々に学太と二人で店に押しかけたのだ。

レシピの掲載された経緯を聞いて、福太たちは納得する。この商店街に直接来たのなら、取材陣がついでにほかの店を回っていてもおかしくない。問題は——。

「ところで、椰子島さん。そのレシピって、うちの兄貴にも教えましたか？」

「元太くんに？　いや、覚えはないけど……どうしてだい？」

福太が正直に答えようとすると、脇から学太が口を出した。

「この前、友達が元太の店の新作メニューを食べて、『〈ダ・ココナット〉さんのパクリだ』って言い出したんです。それで元太の名誉のために、そうじゃないってことを証明したくて……」

一瞬「何だ？」と思ったが、すぐに学太が誤魔化したのだと気づいた。確かに脅迫状のことなど、あまり言い触らすようなものでもない。

「へえ……そんなことが」

椰子島は驚き顔で、グラスを棚に置く。

「僕の料理があの店に真似されるレベルなら、むしろ嬉しいくらいだけどね。まあ、たまたまレシピが被《かぶ》っただけじゃないか？　僕だって、昔ベトナムで食べた屋台の味を参考にしてるし」

「でも、香辛料の種類やグラム数まで、ピッタリ同じなんです」

「ほう。じゃあ元太くん、無意識にうちで食べた味を再現しちゃったのかな。彼がその料理を作ったのって、いつごろ？」

「えっと……確か先月の頭くらいだったと……」

「先月の頭？　なら、彼が本を参考にしたってことはないな」

椰子島が顎鬚《あごひげ》を撫《な》でる。

「そのムック本の発売日って、つい最近だったから。確か……八月四日だったかな。リトルプレスっていって、ほぼ個人出版みたいな本で、販売店舗も限られているようなマイナーな出版物らしくてね。このへんだと、取り扱っているのは『本好書店《もとよし》』さんくらいだってさ」

リトルプレスというのは福太には初耳だったが、どうやらそういう形の出版物があるらしい。どうりで聞き慣れない出版社名だったはずだ。「本好書店」とは、ぎんなみ商店街に昔からある個人経営店だ。母親の怜《れい》が生前、苦しい家計を助けるために、育児の合間を縫ってバイトしていたことがある。

「……ん？　八月四日？」

学太が首を捻る。どうかしたか、と訊くと、ううん、と学太は思い直したように頭を振った。

「いや、もしかしたらムック本は発売日の前に売られたかもしれないと思って……。でも、さすがに先月の頭ならそもそも本も完成していないだろうし、元太が入手できたはずがないよね。少し安心した」

「そうだね。……ああ、でも」

と、椰子島が思い出したように続ける。

「そういえばあのレシピ、うちのバイトの子には教えたな」

「バイトの子？」

「クェンっていう、ベトナム人の語学留学生。マイカ先生の知り合いだったかな。故郷の味に似てるから教えてほしい、って言われてね。そのときは本に掲載することが決まってたから、一応発売日までは内緒にしといてって口止めしていたんだけど……。彼女は元太くんと同じレストランでもバイトしていたから、つい教えちゃったのかもしれないなあ」

「マイカ先生の知り合いのベトナム人？　それってもしかして、最近行方不明になった……」

「ああ」

椰子島の顔が少し曇る。

「君たちにまで話が広まっていたか。そうなんだ。少し前、僕のところにも急に店を辞めるって電話があって、それっきり……。変な事件に巻き込まれていないといいが」

福太たちは無言になる。一度は途切れたと思った糸が、またつながってしまった。その口止めされたレシピを教えてもらうほど、元太は女性と仲が良かったのだろうか？　だとすると、元太はやはりその女性の失踪事件に関わっている？

「あ、いらっしゃい」

そこでカランとドアベルが鳴った。入り口に客らしき人影が見え、椰子島が声をかける。昼も近づき、店も混み始めてきたようだ。

そろそろ退散するか。カウンターから腰を上げようとしたところで、「あ、待って」と椰子島が呼び止めてきた。

「ちょうどいい。もしレシピのことが気になるなら、今入ってきたお客さんに訊いてみたらどうだい？」

「え？　あの人って――」

「元太くんの店の、新オーナー。その『新作メニュー』について、なにか知ってるかもしれないよ」

元太の店の新オーナー？

福太は振り返る。そこにいたのは、鍔広《つばひろ》の帽子をかぶった細身の女性だった。女性は店の入り口付近で立ち止まったまま、特に座席に向かうでもなく、まるでそこに見えないなにかでもいるようにじっと中空を見つめている。

よく見ると、その手足が小さくリズムを刻んでいた。――踊っている？

「今日もご機嫌ですね、山根《やまね》さん」

椰子島が声をかけると、女性はこちらを振り向き、あっと小さく叫ぶ。

「嘘。私、踊ってた？　やだ、恥ずかしい。このＢＧＭを聞くと、勝手に体が動いちゃって――あら。お若いお客さん」

照れ隠しなのだろう。女性は帽子を目深《まぶか》に引き下ろして近寄ってくると、ひらりと舞うように学太の隣のカウンター席に座った。親しげに学太に肩を寄せ、矢継ぎ早に質問してくる。

「こんにちは。君、中学生？　この席に座るなんて、通だね。美味《おい》しいよね、ここのベトナムコーヒー。私、この街に来てからすっかりはまっちゃって――あ、中学生ならまだコーヒー飲まないか」

「この子は普通に飲みますよ」

椰子島は笑いつつ、

「山根さん。この二人は、木暮《こぐれ》福太くんと学太くん。お兄さんが、山根さんの店で働いています。福太くんたち、この人があのレストランの新オーナー、山根百合香《ゆりか》さんだよ」

「え？　木暮って――」女性は人差し指を福太たちの間で振り子のように揺らしつつ、「もしかして、元太くんの弟さんたち？」

「あ、はい」

「兄が、お世話になっています」

兄弟で同時に答える（ちなみに大人びた挨拶のほうが、学太）。

「わあ、二人とも雰囲気がそっくり。家族で仲良さそう。元太くんって、家ではどんな感じ？やっぱりあんなにクールなの？　それとも身内の前ではもっと――」

「え？　いや、その――」

「今ちょうど、山根さんの店の噂《うわさ》をしていたんですよ」

ペースに呑《の》まれっぱなしの福太たちを見かねてか、椰子島が笑いながら助け船を出す。

「え、やだなあ。どうせ悪い噂でしょ？　都市伝説がどうとか」

「違いますよ。お店の新作メニューのことです」

「えっ？」女性が驚き、帽子を取った。「うちの新作メニュー？　何のこと？」

「いえ、あの……」

慌てて釈明しようとした学太が、ハッと言葉を止めた。

福太も息を呑む。目が、女性の顔に釘付けになった。額で切りそろえた前髪。子供に好かれそうな丸顔。細めると山なりになる一重瞼《まぶた》に、いつもなにか面白い悪戯を企てていそうな、小狡《こずる》い笑みをたたえた口元。

――似ている。

「ふーん……」

女性は帽子を手グセのように胸の前でくるくる回して、じっと福太たちの顔を見返した。

「なるほど。なにか訳ありって感じね。じゃあその新作メニューについて、少々お話を聞かせてくださいな」

「――本当に、お茶だけでいいの？　遠慮しなくていいんだよ。私の奢《おご》りなんだから」

渋い色合いのテーブルの向こうから、山根が気さくな笑顔でメニューを勧めてくる。

元太の勧めるカジュアルフレンチレストラン、「ウール・ド・ボヌール」。その二階の個室に、福太と学太は招かれていたのだった。一階はスタイリッシュなホールだが、こちらの個室は落ち着いたアンティークの家具に囲まれていて、また異なる趣だ。山根がオーナーに代わってから、ここだけ改装したらしい。

福太は香りの立つ紅茶のカップを手に、頷《うなず》く。

「はい。下の弟が、家で昼飯を待ってますんで」

「下の弟？　──ああ、四兄弟なんだっけ。じゃあ今度はぜひ、末っ子の弟さんも連れて食べに来てよ。君たちのお兄さんの料理、すっごく美味しいんだから」

「わかります。家で食べてますから」

「あっ、そうか。そりゃあそうだよね。バカね、私ったら」

山根はぺしっとテーブルを軽く叩《たた》くと、大口を開けてケラケラと笑う。

福太もつられて笑い返した。あれから場所を移そうと提案してきたのは、山根のほうだった。

「新作メニュー」の嘘をどう誤魔化すか慌てる学太を見て、なにかを察したらしい。福太たちとしても椰子島の前で脅迫状のことを口にするのは気が引けたので、渡りに船という感じだ。

それにしても……似ている。

カップ越しに、福太の視線が相手の顔に磁石のように吸い付く。

似ているというのはもちろん、亡くなった母親である怜に、だ。

よくよく見れば、目鼻立ちは違う。年齢も下のようだが、髪型や化粧、服のセンス、表情、そしてなによりしゃべり方や物腰といったものが、記憶の中の母親と重なるのだ。

もっとも福太自身、母親の顔も正確に思い出せなくなってきているので、余計にそう思うのかもしれないが。学太も同じ思いらしく、さきほどから一言もしゃべらず山根を凝視していた。山根はそんな視線を特に気にするふうもなく、紅茶を一口すすり、興味深そうに訊いてくる。

「それで、君たちはどうしてそんな嘘をついたの？」

「は、はい。それは……」

珍しく緊張した声で、学太が説明する。

「えっと……元太が、焼き肉の本を拾って……あ、ちがう、拾ったのは福太だ……その焼き肉の本が、脅迫状に使われていて……それで元太が、焼き肉の本に載っているのと同じレシピを知ってて……」

焼き鳥だ、バカ。動揺のあまり嚙《か》みまくる弟に、内心突っ込みを入れる。山根はそんな学太のたどたどしい説明を寛容な笑顔で聞いていたが、学太がノートに書き起こした脅迫状の文面を見せると、少し怪訝《けげん》そうな顔をした。半信半疑といった感じで、何度もページを覗き込む。やはり作り話だと思われているのだろうか。

「ふうん……」

話を聞き終え、しばらく思案顔をしていた山根が、神妙な口調で言った。

「つまり君たちは、少年探偵、というわけね」

「え？」

「さしずめ……カッレくん？　それともエーミールくんかな。ちょっとワクワクするね。この街で、少年探偵が活躍しているなんて」

福太たちの戸惑いの視線に気づいて、山根があっと口を押さえた。

「ごめんなさい、わけわからないこと言っちゃって。今のは、私の好きな児童書に出てくる登場人物の名前なの。リンドグレーン作の『名探偵カッレくん』に、ケストナー作の『エーミールと探偵たち』」

胸にズキンと痛みが走った。それらの書名に聞き覚えがあったからだ。どちらも母親の愛読書で、今も遺品の棚にある。

「少し不謹慎だったね。ええと――ちょっと整理させてね。まず、君たちは文字の切り抜かれた本を拾った。その切り抜き部分を並べると、脅迫状になった。そしてその本に載っていたレシピを、お兄さんの元太くんが知っていた。だから元太くんと脅迫状は関係あるんじゃないかと疑った――って、つまりそういうことだよね？」

「あと、行方不明になったベトナム人女性のこともあります」学太が付け加える。「元太が、なぜかコンビニで女性物を買っていたという目撃証言も。それに脅迫状に使われたムック本は、元太が料理を作ったときにはまだ発売日前だったんです。『ダ・ココナット』の店長はそのベトナム人女性にレシピを教えていたので、元太はその女性から教わった可能性があります。つまり元太は、女性の行方不明事件に絡んでいるかもしれないんです」

「兄貴は、その女性と親しかったんですか？」

福太が訊くと、山根は「どうだろう」と首を捻った。

「私は最近オーナーになったばかりで、スタッフのプライベートのことまでは詳しく知らないから。行方不明になったベトナム人女性って、この前うちを辞めたクェンさんのことだよね？　確かに彼女は美人さんだし、元太くんもイケメンだから、付き合えばお似合いだとは思うけど」

「クェンさん、お店を辞めていたんですか？」

「うん。先月くらいかな。突然電話があって、『辞めます』って。急に言われても、こっちもシフトがあるから困っちゃうんだけどね」

山根はアハハと明るく笑い飛ばす。

「なるほどね。『元太くんと謎の脅迫状』か。まあ話を聞いた限り、ちょっと関係はこじつけっぽい気がするけど。でも気になるなら、いっそ本人に聞いてみたら？　そのほうが話は早いんじゃない？」

「それが、元太と連絡がとれなくて……」

「ああ──それもそうか」山根は急に思い出したように、「そういえば彼、今『ミステリーグルメツアー』の真っ最中だもんね」

「ミステリー……グルメツアー？」

「私の知り合いの中国人が、日本で始めたビジネスなの。日本の食文化って、世界的に見てもレベルが高いでしょう？　和食だけじゃなく、日本流に洗練された世界各国の料理が味わえるし。それで海外の富裕層相手に、日本で高級グルメツアーを組んだらウケるんじゃないかって考えたみたいで……。その話を聞いて私も共感して、うちからも腕利きのコックを一人、提供してあげたってわけ」

「それが、うちの兄貴ってわけですか？」

「そう」

山根が紅茶をすする。

「それに、この地元にもいい刺激になると思ったしね。ぎんなみ商店街は昔ながらの味わい深い商店街だけど、どうしても、ほら……『若さ』がないでしょ」

山根が言うには、海外のツアー会社を呼び込めば街の活性化にもつながると思ったらしい。それで市役所の地域振興課を巻き込んだりして、積極的に動いたそうだ。だが――。

「どうも私、やりすぎちゃったみたい」

それまで意気揚々と説明していた山根が、急に花が萎《しお》れるように項垂《うなだ》れた。

「どういうことですか？」

「私、売り上げに貢献できると思って商店街のいろんな店をツアー会社に紹介したんだけど、それが古株さんたちの気に障っちゃったみたいなの。『怪しげな外国企業を使って、うちの商店街を牛耳ろうとしている悪い女』って感じで睨まれちゃって――特に、商店街の首領《ドン》みたいな人に」

「商店街の首領《ドン》？」

「ほら、いるでしょ。宝石店を営んでる……」

神山《かみやま》さんか。商店街のご意見番のような存在の彼女にとって、山根の振る舞いは確かに疎ましく感じられたかもしれない。

「私、これでも地元出身なのよ？」

山根がおどけるように肩をすくめる。

「若いころ家族とちょっとあって、商店街を飛び出しただけで……。でも、一度街を捨てたらもう余所者《よそもの》、ってことなのかな。久しぶりに生まれ故郷に帰ってきたっていうのに、疎外感がすごい」

商店街育ちだったのか。意外な出自に驚くと同時に、山根が余所者扱いされているという話に、ふと母親のことを思い出した。絵本作家だった怜は、この街に引っ越してきた当初、「米屋さんと八百屋さんと仲良くしておけば、いざというときツケが利く」という先輩作家のアドバイスを真に受け、商店街に知り合いを作ろうと奔走したらしい。母親の最初の苦労も、こんな感じだったのだろうか。

山根は紅茶をまた一口すすり、そこでハッと気づいたように顔を上げる。

「ごめんね、関係ない話をしちゃって。ええと、そういうわけで、元太くんは今ツアーに参加中なの。ただ、行き先は私も知らなくて……。なにしろミステリーグルメツアーだから。元太くんも、ツアー中だから電話を遠慮しているのかもね。もし気になるなら、自力で行き先を突き止めてみたら？　頑張ってね、探偵さんたち」

4

いったい、なにがどうなってるんだ……？

ラーメンスープの匂いが漂うカウンターで、福太は考え込む。

ぎんなみ商店街の不人気ラーメン店、「ラーメン藤崎《ふじさき》」。福太たちはいったん帰宅後、腹をすかせた良太を連れて、遅い昼食を摂《と》りにこの店を訪れたのだった。ラーメンの味は可もなく不可もなくといったところだが、なにせ客が少ないので、密談にはもってこいの店である。

「元太の電話、まだ通じないね」スマホを耳から離して、学太が呟く。「やっぱり、どこかきな臭いな。いくらミステリーツアーって言っても、そこまで秘密主義ってことある？　スタッフの電話連絡くらい許可しない？」

「単に、電波が届かない場所にいるんじゃねえか？」福太も迷い気味に答える。「山奥のペンションとか、沖合のクルーズ船とか。それに、兄貴がツアーに参加しているなら、少なくともその女性の行方不明の件は関係ないだろ。もし兄貴が監禁しているなら、ずっと見張ってなきゃいけねえだろうし」

「どうかな」学太が硬い声で言う。「外出中は、外から鍵をかけて閉じ込めておけばいいだけだし。それに、ほかに仲間がいるってことも……。ほら元太、前に半グレみたいな連中と付き合いがあったじゃん」

「……昔の話だろ」

母親の怜が亡くなってしばらく、元太は荒れていた時期があった。そのとき悪い仲間とつるんでいたのだが、グループが傷害事件を起こしたのをきっかけに、きっぱりと関係を絶った。それ以来、元太は心根を入れ替えて料理人を目指し、更生したはず……なのだが。

「昔の話と言えば」

学太がややうわの空の口調で、呟く。

「似てたね、あの人」

福太は少し黙る。

「やっぱり、お前もそう思うか？」

「うん。瓜《うり》二つとまでは言わないけど、なんていうのかな……その、雰囲気が」

やはりこいつもそう感じたか。記憶がおぼろげな弟の自分たちでさえ、こうなのだ。ましてや（学太曰《いわ》く）「マザコン」の元太が、あの山根を見たら……。いったいどんな感情を、あの兄貴は抱いただろうか？

「もしかして山根さんに会って、元太の古傷がうずいてしまったとか……？」学太がぶつぶつ呟く。「そのやり切れない気持ちを埋めようと、また悪い仲間とつるんで夜の街に繰り出して……。そいつらに唆《そそのか》されて、悪事を……」

「まさか」

少し動揺しつつも、否定する。

「あの兄貴が、そんな弱い人間なわけがねえだろ。それに脅迫状だって、まだ本物かどうかわかんねえじゃん。お前が自分で言ったろ、なにかおかしなところがあるって」

「ああ……まあ、そうだね」

学太はふと我に返ったように、

「そう、あの文面は変だ。人質を『置く』なんて言葉遣いはおかしいいし、解放場所を『橋上の看板裏』なんて細かく指定する必要性もよくわからない。やっぱりあれは、ただの子供の悪戯？いや、でも……」

自問自答する。ちなみに壊れる前日の橋の写真をネットで見つけたが、やはり橋の上には補強工事予定の立て札があるだけで、ほかに看板と呼べるものはなかった。時間も午前二時ならほぼ無人だろうし、あえてここまで細かい場所を指定する理由はない。

「福太兄ちゃん」

するとそこで急に良太が声を上げ、福太はドキリとした。

「な、何だ？」

「決めた。オレ、これにする」

カウンターに置かれたメニューを指さす。福太はふっと肩の力を抜いて、確認した。

「新作の『トムヤムクンラーメン』か。大丈夫か？　これ、結構辛そうだし、エビも入ってるぞ」

「うん。オレ、エビ好き」

「そうか……」

肉はダメでもエビは許容範囲なのか。学太がなにか言おうとして、気抜けした表情で肩をすくめた。福太も苦笑しつつ、学太に目配せする。まあ構わねえだろ。ベジタリアンでも、卵はオーケーとかいろんな派閥があるって聞くし。

「とにかく」学太が言った。「これ以上、僕たちだけで話していても埒が明かないよ。山根さんが言ってた通り、直接元太に会って訊くのが一番手っ取り早い」

「でも、その肝心の行き先がわからねえんだろ？」

「うん、まあ。知り合いに、誰か参加者でもいればいいんだけど……」

「おっ？　なんだなんだァ、てめえらも、あのグルメツアーに参加したい口か？」

そこで厨房《ちゅうぼう》の奥から二十代後半ぐらいの店主が出てきた。角刈りにねじり鉢巻き、ラーメン屋の親父《おやじ》を絵に描いたようなこの男が、藤崎勝男《かつお》。今回の試作ラーメンはショウガ味のようで、大量のショウガがステンレスのボールに積みあがっている。

「藤崎さん、知ってるんですか？『ミステリーグルメツアー』のこと」学太が訊く。

「知ってるもなにも……今日も向かいの催事場で、モニター募集の福引をしてたからなあ」

「モニター募集の……福引？」

「ああ。何だか参加者にキャンセルが出て、その穴埋めに急遽《きゅうきょ》モニターって形で募集したらしいや」

福太は学太と目を見合わせる。これはチャンスか？

「その福引って、まだやってますか？」

「残念。午前中に、当選者が出て終わっちまったよ」

福太たちは肩を落とす。一歩遅かったか。

「何だ、お前ら。そんなにあのツアーに参加したかったのか？　しょうがねえなあ。代わりにこれでも読むか？」

そういって、藤崎が一枚のチラシを渡してくる。学太が首を傾げた。

「何ですか、これ？」

「当のツアーのチラシ。当選者の子がうちの前を通るとき、落として行ったんだよ。すっげえ浮き浮きした調子で走ってったぜ？」

福太はチラシを見る。一般客向けの宣伝用だろう。肉や魚介など美味しそうな食材の写真を並べた紙面には、「山海の豪華高級食材を惜しみなく使用した、和洋中の絶品料理！」との謳《うた》い文句が躍る。

「その当選した人って、どんな人でした？」

「さあなあ……。若い女子っぽかったけど、帽子にマスクにサングラスで、全然人相はわからなかったし」

日焼け対策だろうか。せめて男性だったら顔くらいわかったかもなあ、と福太は残念に思う。

「あ、そういや」藤崎がポンと小手を打つ。「その子、ドジなことは確かだぜ。バスに向かう途中で靴が脱げて、大コケしてたから」

それはまた典型的なドジだ。だがそんな情報だけでは、とても行方を追う手掛かりにはならない。学太がさらに問い質《ただ》すと、「うーん……ストールってえの？　何か黄緑色の布を、首に巻いてた気がするが……」との曖昧《あいまい》な答えが返ってきた。味覚ばかりか、観察力も当てにならないドラ息子である。

「山海の豪華高級食材を惜しみなく使用した、和洋中の絶品料理……」

チラシを見て、学太が口の中で繰り返す。

やがてハッと頭を上げ、藤崎の顔を見た。

「藤崎さん。ちょっとお願いがあるんですが」

「何だい、学ちゃん？」

「お店の取引先について、調べてもらえませんか？　最近のだけでいいです」

「取引先？　うちはあのツアー会社とは付き合いねえぜ。まあ神山のおばちゃんに注意されてたから、声をかけられてもどのみち参加するつもりはなかったけどよ。あ、それとも、うちの仕入れ先のこと？　確かに最近、馴染《なじ》みの肉屋が潰《つぶ》れてよ――」

「違います」

学太が首を振る。

「この店のじゃありません。僕が知りたいのは、藤崎さんの実家の乾物店のほうの、取引先です」

5

「あの黄緑色のストールの女性が、その人ですか？　藤崎さん」

「うーん……たぶんな」

そこは高台の高級住宅街にある邸宅だった。瀟洒《しょうしゃ》な日本家屋だが、門構えや屋根の形にどことなく中華風な趣がある。

店のホームページの説明によると、戦後に華僑《かきょう》の貿易商人が建てた家らしい。庭のテーブルで談笑する客らしき人々の中には、黄緑色のストールを着けた若い女性の姿が見えた。彼女が藤崎の目撃した「ツアーモニターの当選者」のようだ。紫外線対策なのか、帽子とマスクとサングラスで身を固めているので面相はよくわからない。

「それにしても、良く気付いたなあ。学ちゃん」

ここまで福太たち三人を車で連れてきてくれた藤崎が、運転席でしきりに感心したように言う。

「オレの親父が、あのツアーに一枚嚙んでるって」

「中華の高級食材といえば、乾物ですから」

あれから学太は藤崎の父親の乾物店に問い合わせ、このツアーの行き先を突き止めたのだった。フカヒレや干しアワビなど、中国では干した食品は特に珍重され、高級料理にも欠かせない。チラシの「山海の豪華高級食材を惜しみなく使用した、和洋中の絶品料理！」という謳い文句で、ピンと来たようだ。

「山根さんが、ツアー会社に商店街の店をいろいろ紹介したって言ってたからね」学太はこっそり福太に付け足す。「仕入れるなら、藤崎さんのところの乾物店じゃないかと思ったんだ。食材は料理を提供する場所に直接届けるだろうし」

隣で眠そうに寄りかかってくる良太の頭を撫でながら、福太は訊き返す。

「でも、中華料理じゃ兄貴の出番はないだろ？」

「『和洋中』ってあるし、フレンチもそのうち出てくるよ。一度にはそんなに食べられないから、たぶん料理に合わせて場所と時間を変えているんじゃないかな。『和洋中』で三食分あるとすると、ランチ、午後の軽食、遅めのディナー——って感じ？　フレンチならディナーじゃないの」

確かに和より洋のほうが重そうだし、フレンチが出るとすれば最後の締めか。とすれば、元太に会うためにはこのツアーを最後まで尾行し続ける必要がある。

「しかし、その『ストーカー女』ってのはどいつなんだろうなあ……。まさか、あのドジっ子ちゃんじゃねえだろうし」

路肩に止めた車中から双眼鏡で覗きながら、藤崎がぶつぶつ呟く。

藤崎には、この調査は「元太のストーカー」を突き止めるため、と説明してある。元太に脅迫状じみたラブレターを送りつけている女ストーカーがいて、その女性がこのツアーに紛れ込んでいるらしいので、正体を突き止めたい——という、例によって学太が適当にでっちあげた設定なのだが、それが本当だったら面白いと若干思ってしまう（なおラーメン店は客が来るとも思えないので早めに閉めた）。

「……なあ、学太」客席を遠目に観察しつつ、福太は小声で訊ねる。「あのストール、なんか見覚えないか?」

「ああ。母さんのストールに似てるね」

「お袋と同じようなストールをした人って、前にもいなかったか?」

「袴田《はかまだ》さんの事件のとき、良太が母さんと見間違えた人? どうなんだろう。今日は雨の予報でちょっと肌寒いし、黄緑が好きな人なんて大勢いると思うけど——良太。お前が見た『レタス色のストール』をした人って、あの人?」

「……わかんない」

良太が寝ぼけ眼《まなこ》で答える。そんなことを話しているうちに、屋敷のほうからドォーン、と銅鑼《どら》の音が聞こえてきた。生演奏もしているらしい。さすが高級グルメツアー、演出も凝っている。

「……そろそろ、かな」

学太が呟く。銅鑼が演奏の終わりの合図だとすれば、そろそろ移動の時間だということだろう。気を引き締めるか。福太が良太の体を押し戻そうとしたところで、コンコンと窓がノックされた。

見ると、女性警官がにこやかに立っている。

藤崎が窓を開けた。

「何ですか?」

「もし、お仕事中でしたらすみません」女性警官は言う。「ただ、近隣の住民の方からご連絡がありまして。長時間駐車している車があるので、心配なので様子を見てきてほしいと——どなたか、体調を崩したりしていませんか?」

「あ、その――」

学太がしまったという顔をする。福太も慌てた。そうか。高級住宅街なら、周囲の目やセキュリティも厳しくて当然――。

学太の必死の弁明でなんとか事なきを得たが、ようやく解放されたころには当のツアーバスはすでに出発してしまっていた。店の駐車場に駆け寄りながら、学太が悔しそうに地団太《じだんだ》を踏む。

「くそ！　せっかくここまで追いついたのに――！」

福太も同じく肩を落とす。畜生《ちくしょう》、これで振り出しに戻っちまったか――。

そう諦めかけた、そのとき。

背後から、可愛らしい女の子の声がした。

「あれ？　学太くんだ。どうしたの、こんなところで？」

振り向くと、色白の中学生くらいの女子が、楽器ケースを抱えて立っていた。

この子は――長谷川詩緒《はせがわしお》？

商店街の古参の楽器店、「エンジェル楽器」の一人娘。学太と同じ、銀波中学の二年生だ。

学太が驚いて答える。

「いや、ちょっと用事で――長谷川さんこそ、どうしてここに？」

「私？　私は、お母さんの手伝い」

「手伝い？」

「詩緒！　ちょっとこれ運んで――あら、学太くんに福太くん」

屋敷の奥からダンボール箱を持って出てきたのは、詩緒の母親、長谷川美音《みね》だった。例の「宝石盗難事件」を思い出し、「あ……どうも……」と福太の態度がぎこちなくなる。

一方で美音の口ぶりは普通だった。その様子を見るに、詩緒はまだ宝石の真相は話していないようだ。ちなみに学太によれば、「器物損壊事件」のほうはあれから犯人が名乗り出て、無事解決したという。内々で処理されたため名前は公表されていないが、晴れやかな詩緒の表情から、犯人とは円満に和解できたのだろうと察しが付く。

社交辞令が苦手な福太に代わり、学太が流暢《りゅうちょう》な挨拶を返す。

「こんにちは、長谷川さんのお母さん。お二人も、このツアーに参加されてたんですか？」

「え？　ああ、違う違う。うちは、ツアーの演奏用に楽器を貸し出しただけ」

「楽器を？」

美音の話によると、最近「エンジェル楽器」では楽器のレンタル業も始めたらしい。不況や少子化で楽器が売れないため、いろいろ商売を広げているようだ。

「ほら、元太くんの店で新しくオーナーになった女性がいるでしょう？　山根さんって言うんだけど、その人がツアー会社の社長と知り合いで、うちを売り込んでくれたのよ。中国の銅鑼なんてなかったから逆に慌てちゃって、経費で少し足が出ちゃったけど」

また山根か。彼女が商店街に溶け込もうと奮闘しているのは本当らしい。

「でも、学太くんたちはどうしてここに？」詩緒が小首を傾げる。「ツアーのバス、もう行っちゃったけど」

「あ、それは――」

学太が藤崎にしたのと同じ説明をする。へえ、と長谷川母娘は揃《そろ》って目を輝かせた。

「お兄さんのストーカーか。それはぜひ、正体を突き止めなくっちゃね」

「なら、このあと戻ってくるスタッフをこっそりつけてみたら？　行き先がわかるかもよ」

美音の言葉に、え？　と福太たちは訊き返す。

「スタッフが、戻ってくるんですか？」

「ええ。どうもツアー客で、ここに財布を忘れた人がいるらしいの。それでさっき電話があって、スタッフが取りに戻ってくるって」

それはラッキーだ。誰だか知らないが、財布を忘れてくれてありがたい――もしかして、例のドジな「レタス色のストールの女性」だろうか？

「でも、元太くんにストーカーか……」ダンボールを車に積みつつ、美音が呟く。「それは山根さんも、さぞ心配でしょうね」

「まあ、お客との余計なトラブルは避けたいですからね」作業を手伝いつつ、福太は答える。

「それもあるけど……きっとそれ以上に、山根さんは気にかけているんじゃないかな。だって彼女、元太くんを我が子のように思っているもの」

え、と手が止まった。学太が訝《いぶか》しげな顔をする。

「山根さんが、元太を我が子のように思っている？　元太が、山根さんを母親のように思っている、じゃなくてですか？」

「元太くんが？　それはどうなんだろう。確かに彼女、怜さんに雰囲気が似てるといえば似てるけど……」

美音は宙を見つめ、やがて納得したように一人頷いた。

「まあ、似ているのはある意味当然よね。だって山根さん、怜さんの友達だったんだもの」

6

戻ってきたスタッフの車を追跡する中、福太は無言だった。美音の最後の一言が、強烈に頭に残っていたからだ。

山根さんが、亡くなったお袋の友達……？

学太も同じく無言。車内には、退屈してついにダウンした良太の寝息と、能天気な藤崎の鼻歌だけが響く。

「あの人がお袋の友達って……学太、覚えてるか？」

小声で訊ねると、学太は首を横に振った。

「いや。全然。といっても、僕たちだって幼かったし、母さんの交友関係をすべて把握していたわけじゃないから」

「兄貴は、知っているのかな？」

「わからない。けど、会っている可能性は高いかもね。僕たちの中では一番、元太が母さんといた時間が長いから」

藤崎がラジオをつけた。陽気なレゲエ調の曲が流れ、藤崎の頭が揺れ始める。

「もし元太が知ってたとすれば」曲に声を潜ませながら、学太が続ける。「ますます、危ないかもね」

「危ない？」

「母さん似の、昔の母さんの友達が突然目の前に現れたんだ。そりゃ元太だって動揺するさ。母さんと過ごした記憶が蘇《よみがえ》って、また荒《すさ》んだ気持ちになったとすれば……」

まさか。福太は眉をひそめた。確かに元太は一時期悪い仲間とつるんでいたが、それでも一線は越えなかったはずだ。それに──。

「兄貴がお袋のことを思い出した、ってんなら」福太は反論する。「逆だろ。兄貴はしっかりするんじゃねえか。そもそも兄貴が立ち直ったのも、お袋のおかげなんだし」

「ああ……元太の『元』ね」

母親の怜は、自分の子供が生まれるたび、我が子に向けた「誕生カード」を作った。それは絵本作家らしく手の込んだイラスト入りのカードで、子を得た喜び、感謝、忠告、名前に込めた思いなどが、産みの苦労の恨みつらみとともに長々と綴《つづ》られている。

元太の「元」は、元気の「元」──元太のカードには、確かそんなことが書かれていたはずだ。その亡き母親からのメッセージに、元太はすんでのところで思い留《とど》まり、「自分の力で誰かを元気づけられる」料理人を目指したのだ。

「でも……じゃあ、消えたベトナム人女性の行方は？」学太がとり憑《つ》かれたように自問する。「元太が女物を買っていた理由は？　あの雑誌に載っていたレシピを知った経緯や、脅迫状との関係は……？」

もちろん福太に答えられるはずもない。そうこうするうちに、スタッフの車が止まった。武家屋敷のような瓦塀が見える。庭園付きの立派な日本家屋で、どこぞの高級料亭といった趣だ。

「次は和食みてえだな」

車を少し離れた路肩に止め、藤崎が呟く。

門から例のレタス色のストールの女性が飛び出してきて、へこへこ頭を下げつつスタッフから財布を受け取った。やはり彼女の落とし物だったらしい。その姿が再び中に消えたので、そのましばらく待つ。風が強まり、やや雲行きが怪しくなってきた。そういえば、午後から天気が崩れるんだっけ。またこの前の台風みたいにならなきゃいいけど。

やがてまた、ツアー客たちが出てきた。バスに乗り込み、出発する。途中で一度コンビニに寄ったほかはひたすら道路を走り続けた。予定が押しているのか、やや急ぎ足な印象を受ける。

「やべ。高速だ」

藤崎が言った。見ると、少し離れた前方のツアーバスがウィンカーを出し、高速入り口に続く脇道へ入ろうとしている。

「高速代なら、後で払います」

「そうじゃなくてな……ガソリンが、あと少しなんだ。ここまで遠出するとは思わなかったからよ。どうする、学ちゃん？　一か八《ばち》か、このまま突っ込んでみるか？　サービスエリアで休憩するかもしれねえし」

「ああ。それなら大丈夫です」

学太がスマホをいじりながら言う。

「このまま国道を走って、どこかで給油してください。行き先はだいたい絞れました」

「行き先が絞れた？　何でわかるんだ？」

　すると学太は、「これ」と言って小さな紙片を見せてきた。

「何だ、これ？」

「さっきツアーバスがコンビニに立ち寄ったときに、拾ったレシート。例の『レタス色のストールの女性』が落としたんだ。この買い物を見て、ピンときた」

　福太はその品目を読んだ。クレンジング剤、保湿クリーム、化粧水、ヘアバンド……？

「ただのメイク直しなら、こんな道具はいらないだろ。わざわざクレンジング剤や保湿クリームや化粧水を準備したり、ヘアバンドを使うってことは、一度全部化粧を落とすつもりだってこと。つまり……」

　学太はスマホを福太に突き出し、表示された周辺施設のリストを見せた。

「次の目的地は、温泉だ」


　学太の推理通り、ツアーバスはすぐに見つかった。このあたりは特に温泉地というわけでもないので、温泉施設自体が少なかったからだ。

　駐車場で少し待つと、バスは一時間ほどでまた出発した。滞在時間が短いのはやはりスケジュールが押しているからだろう。風は冷たく、空には灰色の雲が広がっている。また大雨になるかもしれない。

「最後の食事場所がわかった。この先の港にあるクルーズ船だ。そこで船上ディナーをするみたい」

尾行を再開中、学太が再びスマホで調べながら言った。

「今度のはどういう推理だ？」

「今のは推理じゃないよ。さっきの駐車場で、運転手とスタッフの会話を盗み聞きしただけ。これまでとは違って今度の駐車場には他の温泉客も大勢いたから、隠れて近づくのは楽勝だったよ」

スパイもできるのか、こいつ——まあ何にせよ、これで「探偵ごっこ」もいよいよ大詰め。ここまでくれば、もはやあれこれ考える必要もない。元太に直接会って、訊くだけだ。

そこで福太は、学太が手の中で、四角い小袋を弄《いじく》り回しているのに気付いた。

「何だそれ？」

「バスソルト。『レタス色のストールの女性』が、また落としていったんだ。たぶん土産《みやげ》物として買ったんだと思うけど……」

またか。律儀なまでのドジっぷりに、さすがに苦笑を禁じ得ない。

「何か俺たち、『ヘンゼルとグレーテル』って感じだな」

「どうして？」

「だってよ。その人の落とし物をたどって、俺たちはここまで来られたわけだろ。財布とかレシートとか」

「ああ……それならむしろ、僕は『注文の多い料理店』を連想するね」

学太は袋を手の中でくるくる回す。

「帽子に靴、上着、財布、クリーム、塩……これって全部、あの話に出てくる『紳士の客』たちが、レストランから注文された物じゃん。ここだけ見たら、なにかのメッセージかと疑っちゃうよ」

「メッセージ？」

「『私たち、食べられそうです。助けてください』──みたいな？」

そういやあの童話って、そういう話だっけ。母親が読んでくれた記憶が蘇る。狩りに出た二人の紳士が山中のレストランを訪れるが、実は立場が逆で、客側が食べられるほうだった──ってやつか。

「食人グルメツアー、か……」

学太が意味深に呟き、福太は顔をしかめた。

「お前まさか、あの都市伝説のことを、本気で──」

「そんなわけないじゃん。ただ、『食い物にする』って、別の意味もあるよね。自分の利益のために他人を利用する、みたいな……」

学太はバスソルトをポケットにしまうと、思い出したように運転中の藤崎に訊く。

「藤崎さん。そういえばさっき、お店の取引先について訊いたとき、言ってませんでしたか？ツアー会社との取引について、神山さんに注意されたとか」

「ん？　ああ」藤崎があくびを嚙み殺しつつ答える。「あのツアー会社の社長、もともと旅行業者じゃなくて、健康食品とかを扱う輸入業者だったらしくてな。そのときに、違法な商品を取引していたって噂らしいや。未承認の医薬品とか、密猟したセンザンコウのウロコとか──ただ当局の締め付けが厳しくなって、それで表の商売に鞍替《くらが》えしたたっつう話。

そう神山のおばちゃんから聞いてたから、声をかけられても無視するつもりだったけどよ。しかし、グルメツアーの企画でオレんとこに一言も声をかけないなんて、その社長も見る目ねえな。どうかしてるぜ」

もともとグレーな業者だったのか。隣を見ると、学太が虚《うつ》ろな表情で一点を見つめていた。

「違法な商品……海外客向けのツアー……行方不明の女性……」不穏な呟きが聞こえる。

「あれ？　学ちゃん」そこで藤崎が言った。「何だ、あのバス？　また高速に乗っちまったぜ。港と方向違くねえか？」

えっ、と学太が顔を上げた。脇道に逸《そ》れていくバスを眺め、しばらく考え込む顔をする。それからスマホでルートを確認し、「しまった！」と叫んだ。

「どうした、学太？」

「まずいよ、福太！　あのバス、もう港に向かっていない！」

「何だって？」

「目的地を変更したんだ。たぶんこの天気のせいだ。海が荒れ始めて、クルーズ船の運航が中止になったんだ」

「マジかよ」藤崎も慌て出す。「すまねえ、学ちゃん。高速の入り口過ぎちまった。早く戻って、あのバスを追わねえと――」

「いや、このまま港に向かって、藤崎さん！」

学太が運転席に身を乗り出して叫ぶ。

「急な予定変更ってことは、キッチンスタッフはまだクルーズ船にいるはず。そっちで元太を摑《つか》まえます。今からUターンしてバスを追っても、見失う確率のほうが高いし」

「え？　でも、ストーカー女を追うんじゃ――」

「元太の後を追えば、次の目的地もわかるから。とにかく、早く！」

「そうか――よっしゃ、まかせろ！」

藤崎がアクセルを踏み込んだ。がくんと体が揺れ、加速した車体が勢いよく前方の車を追い抜いていく。

雨粒が、激しく顔に当たる。

港に到着した福太たちは、管理事務所に駆け込んで船の停泊場所を訊き、そこに走って向かっているところだった。雨脚はだいぶ強くなり、今では土砂降りになっている。海から吹き付ける風も厳しく、雨粒がつぶてのように痛い。

「なあ、学太！」磯臭い防波堤の横を駆け抜けながら、福太は呼びかける。

「何だよ、福太！」

「さっきの話だけど、もしあのツアー会社が『人を食い物にしている』とすると、どういうことになるんだよ！」

「密入国ビジネスだよ！」学太が叫び返す。「ちょっと調べたんだけど、日本に観光ツアーで来てそのまま行方をくらまし、不法滞在するという密入国のケースがあるらしい。もしこのツアー会社がそういった犯罪に加担していたとすれば――」

「……グルメツアーも、そのための布石ってわけか？」一瞬声が詰まる。「でも、それと脅迫状にどう関係が――」

「密入国者はとにかく立場が弱い。なにせその国の法律を頼れないからね。そんな立場の弱い人間は、これまた犯罪組織の標的になりやすい。フィリピンなんかじゃ、不法滞在の中国人が、同じ不法滞在の中国人に誘拐される事件が多発しているって」

本当か。そのおぞましい連鎖にゾッとする。食い物にするどころか、まさに「共食い」だ。

「つまり……あのツアー会社は密入国を手引きした上、その手引きした人間を別口で誘拐もしてたってことか？」

「うん。まさに『骨までしゃぶる』だよ。それならあの脅迫状が人質を『置く』なんて物扱いしてたのも納得がいく。あと『背乗《はいの》り』といって、密入国者がその国に実際にいる人の戸籍を乗っ取って、なりすます例もあるらしい。そのモニターで当選したっていう女性が、そのために選ばれたのだとしたら――」

その人の身も危ないってことか？　それこそ都市伝説も真《ま》っ青《さお》の「恐怖のグルメツアー」だ。

「それに、山根さんはツアー会社の社長と知り合いだって言ってた。類は友を呼ぶじゃないけど、違法取引に手を出すような人間と知り合いってことは、山根さんも案外黒いところがあるんじゃないかな？　そしてあの通り、山根さんは僕たちの母さん似だ。彼女に母さんの面影を重ねた元太は、ついその誘いを断り切れずに……」

「犯罪組織の仲間入りをした……？」

言いつつ、福太は信じられないという思いで首を振る。

「いや――まさか。それこそ妄想だろ。山根さん、とてもそんな人には見えねえし。第一あのお袋が、そんな極悪人を友達に選ぶか？」

「母さんは根が単純だから」学太が濡《ぬ》れた路面で滑りかけ、ギリギリでこらえる。「福太も覚えてるだろう？　母さんの指輪事件。神山さんの言葉にコロッと騙されちゃってさ」

母親の怜は神山を実の親のように慕っていた。その中で起こったのが、「結婚指輪売却未遂事件」だ。

まだ福太たちが幼いころのある日、母親が突然「自分の結婚指輪を神山に売る」と言い出した。理由はどうやら、神山に「指輪に悪いものが憑いている」と言われたかららしい。怪しいと思った福太たちは一致団結して反対し、何とか売却を思いとどまらせたのだ。それ以来、福太たちは神山への不信感を拭えないでいる。

「元太も母さんに似て、ちょっとお節介なところがあるし。それに母さんは、そもそも善人も悪人も区別しない人だったしね。だってほら、福太も読んだだろ。良太の『良』は――」

「ああ……」

良太の「良」は、良心の「良」。「良い人」とはなにか、ということについて、例の「誕生カード」で母親は持論を熱く語っている。

「なあ……逆に兄貴が、誘拐犯からその女性を助けたってことはねえか？」

何とか元太を弁護しようと、福太は必死に食い下がる。

「身の回りの物を買っていたからと言って、監禁していたとは限らないだろう？　彼女の誘拐されそうなところに出くわして、兄貴が助けて匿《かくま》っていたとかさ」

「だとすると、タイミングがおかしいよね」学太が答える。「千草先生が元太の買い物を目撃したのは、先月――七月の中旬あたり。ムック本の発売日は八月四日だし、桃さんも実家の店に見本が届いたのは七月末って言ってたから、そのころにはまだムック本は製本さえされていなかったはず。

だからもし、その七月中旬の時点で元太が女性を救出していたのなら、誘拐犯は人質もいないのに、わざわざ八月に入ってからムック本を入手して、脅迫状だけ作った――ってことになる。それは不自然だよね」

それもそうか、としぶしぶ同意する。もし元太が「さらわれた女性」を助けて匿っているのなら、あの脅迫状が作られるのは、その救出の前でなければならない。

どういうことだろうと考えているうちに、桟橋が見えた。その先端の海上で、一台の中型クルーザーが波に揺れている。白衣に雨合羽《あまがっぱ》を着た数人が、荷物の上げ下ろしをしていた。その中にひときわ背の高い男性スタッフが見える。背には「ウール・ド・ボヌール」のロゴ。あとは全員女性だ。あれが元太に違いない。

間に合った――安堵《あんど》とともに、急な不安が福太の胸に押し寄せる。

兄貴は、犯罪なんかに絡んでないよな？

「兄貴！」

意を決し、駆け寄って肩を摑んだ。相手が驚き顔で振り返る。目を合わせて、福太は「え？」と固まった。

あとから学太が追い付いてくる。ぜえぜえと息を切らし、福太のすぐ横に立った学太は、ずれた眼鏡を直しつつ顔を上げようとして、同じように「え？」と動きを止める。

学太が言った。

「元太じゃ……ない?」

7

「どういう……ことですか?」

目の前で黙って紅茶をすする女性を前に、学太が詰め寄る。

「何で、元太がツアーに参加しているなんて嘘をついたんですか? 元太は今どこです? 山根さんは、いったいなにを隠しているんですか?」

カジュアルフレンチレストラン「ウール・ド・ボヌール」。その二階の個室で、福太たちは山根と対峙《たいじ》しているのだった。

ちなみに藤崎の姿はない。商店街に帰り着くなり急用の電話がかかってきたようで、「なに? 『ミートナカムラ』の親父が?」と慌てふためきながらどこかへ行ってしまったのだ。追い払う手間が省けて助かったが、それはさておき——。

山根は終始、無言だった。学太は山根に怒りの眼差《まなざ》しを向けつつ、我慢比べのように返事を待っている。福太は怒りというより困惑の気持ちで、相手を見ていた。アンティークの調度品が並ぶ落ち着いた室内には、良太が出されたケーキを食べるカチャカチャという音だけがせわしなく響く。

山根が目を伏せつつ、言った。

「……バレちゃったか」

「バレちゃったって――」

「落ち着いて、学太くん。理由はちゃんと説明するから。とりあえず、紅茶でも飲んで」

山根は学太をなだめるように微笑《ほほえ》むと、頬杖《ほおづえ》をつき、不承不承カップに手を伸ばす福太たちをじっと眺める。

「その前に、一つ訊きたいのだけど……君たちは私を最初に見たとき、どう思った？」

不意打ちの質問に、福太と学太は同時に紅茶に咽《む》せた。

「私って、君たちのお母さん――怜さんに、似てなかった？」

重ねて訊ねられ、福太は咳《せ》き込みつつ視線を逸らす。

「でも、それも当然なの。だって私、怜さんにすごい影響受けてるもの」

「……知ってるんですか？　お袋のこと」

「うん」

山根が窓の外を見る。

「隠しててごめんね。実は私、怜さんの友達だった。ただ、怜さんが亡くなったとき、私は海外で仕事してて、お葬式にも出られなかったから……。今さら友達面して名乗るのも、何だか気が引けちゃって」

そういう理由だったか。友達だからこそ負い目を感じて言い出せなかった、という気持ちは、まあわからなくもない。

「元太は知ってたんですか？　そのこと」学太が訊く。

「どうだろう……。ただ、あの子が私に怜さんの面影を重ねていたのは、確かだと思う。そんな視線をしばしば感じていたから。そう、ちょうど今の君たちみたいにね」

山根が微笑む。福太と学太は揃って顔を赤らめ、下を向いた。

「でもそのおかげか、元太くんとは最初はとても仲が良かったのよ。それこそ親子みたいに。でもある日、私の結婚話を聞いたときから、急に態度がよそよそしくなって……」

「結婚？」

ええ、と山根が照れ気味に、左手を立てて見せた。薬指になにかが光っている。あれは——指輪？

「こんな私にも、ようやく春が訪れて。でも、それが彼の気に障っちゃったみたい。一緒に喜んでくれると思ったんだけどね」

婚約指輪ということか。前回会ったときには気づかなかった。まあ婚約指輪など、年中嵌《は》めているものでもないのかもしれないが——ただ「指輪」という言葉に、どうしても母親の例の事件を思い出してしまう。

「指輪……」

学太も一瞬目を奪われるが、すぐにハッと頭を振って話を引き戻す。

「つまり——山根さんの結婚を、元太が気に入らなかったってことですか？　そんなの、まるで……」

学太が言いかけ、言葉を止める。

「まるで、母親の再婚に反対する子供みたい？」

山根が優しい声音で、言葉を引き継ぐ。

「そうね。実際、そうなのかもしれない。本人は無自覚なのかもしれないけど。たぶん今が、彼にとっての反抗期なのかも。生前の母親にしたくてもできなかった、遅れてきた反抗期」

――反抗期。福太は思わず口の中で復唱する。

「それからかな。彼がお店を休みがちになったのは。どうしたんだろう、と心配してたところで、クェンさんが行方不明になって――それで今日、君たちに例の『脅迫状』を見せられて、ピンと来たの。これって元太くんが、私を困らせるために仕組んだ誘拐じゃないかって」

山根が指輪を指先でそっと撫でる。

「お店のスタッフが誘拐されたら、結婚式どころじゃないしね。クェンさんも本当に誘拐されたんじゃなくて、元太君の話に乗ったんじゃないかな。彼女は彼女で、お金に困っていたみたいだし。隠れて水商売のアルバイトをしていたくらいだからね」

「つまりこれは、元太の仕組んだ狂言誘拐……ってことですか？」

呆然《ぼうぜん》とする学太に、山根は曖昧な微笑を浮かべる。

「わからないけど、その可能性は高いかなって。だからひとまず君たちには事情を隠して、私のほうで探偵でも雇って独自に調べるつもりだったの。警察沙汰《ざた》にはしたくなかったし、元太くん一人の犯行とも限らないしね。たとえばバックにさらに黒幕の存在があって、その人が元太くんを唆したとか……。これはちょっと、ドラマの見すぎかもしれないけど。

でも、『少年探偵』たちが優秀すぎて、先に私の嘘に気付かれちゃった。これは大誤算」

山根が困り笑顔で小さく舌を出し、視線を外の雨に向ける。

「私……どうしたらいいかな？」

福太たちは山根の車で、彼女の自宅に向かっていた。今後の対応策について相談するためだ。夜の部が始まり店も忙しくなってきたため、場所を変えて話そうということになったのだ。

雨は相変わらず続いている。良太はケーキでひとまず満腹になったのか、隣で暢気《のんき》な寝息を立てていた。学太はじっと無言で窓の外を見つめている。車内には、ただ規則正しく窓を打つ雨音とラジオの古い洋楽だけが、淡々と響く。

「遅れてきた元太の反抗期、か……」

学太が小声で呟いた。福太は眉を上げ、山根に聞こえないよう声をひそめて話しかける。

「それなんだけど、学太……本当に、そんなことってあると思うか？」

「なにが？」

「山根さんの結婚が兄貴の気に障ったって話。いくら母親似で元友達だからって、所詮は赤の他人だぜ？　俺たちだって確かに衝撃は受けたけど、さすがに本物の母親と混同はしねえだろ」

「まあね。でも元太が受けた衝撃は、僕たち以上かもしれない」

「どうして？」

「元太が一番、覚えているから」

学太が遠い目をする。

「母さんと一緒に暮らした記憶を。僕は母さんのことはおぼろげにしか覚えてないし、福太だってそうだろう？　良太にいたってはほとんどファンタジーだ。

けど、元太は違う。元太はきっと、母さんのことをリアルに覚えている。声も、匂いも、母さんの料理の味だって、しっかりとその身に刻み込まれている。

それになんだかんだ言って、僕たちは元太に甘えられたからね。でも長男の元太には、甘えられる人がいなかった。父さんはすぐ海外に行っちゃったし。その鬱憤《うっぷん》が溜《た》まりに溜まって、山根さんに出会ったことで一気に噴出した——なんてことがあっても、僕は不思議に思わないね。これはきっと、元太が最後にしたかった『親子喧嘩《げんか》』なんだ」

親子喧嘩——と口の中で福太は反復しつつ、窓ガラスを伝う雨粒を見つめる。

それってそんなに、したいもんなのかな。


「……こっちに住宅街なんて、ありましたっけ?」

ふと車が森の奥に向かっていることに気付き、福太は訊ねた。

「橋が壊れちゃったのよ」山根が答える。「ほら、あの焼き鳥の本を使った脅迫状にも書いてあった、例の天神橋。あそこが通れなくなったから、別ルートで迂回《うかい》しているの。狭くて細い林道だけど、安心して。通り慣れてるから」

そういや、あの橋は前回の台風で壊れたんだっけ。脅迫状で指定した橋が壊れるなんて、脅迫犯にとってはずいぶん間の悪い話だ。

そこで、「あれ?」と無意識に声が出た。

「どうかした、福太?」

「い、いや。別に……」

何だ? 今一瞬、妙な違和感が——。

「脅迫状と言や」

違和感の正体を探ろうと、福太は隣の学太に問いかける。

「何で兄貴は、『看板裏』なんて指定したんだろうな？　そんな細かく指定しなくても、場所はだいたいわかるのに」

「ああ……何でだろうね……」

学太は眠そうな表情で、うわごとのように答える。

「どうせ狂言誘拐だから、適当にそれっぽい文章を並べただけだったとか……ごめん。何か頭が働かないや。福太、僕ちょっと寝るね。今日は朝から考えっぱなしで、脳みそが……」

言うが早いか、カクンと学太の首が折れる。よっぽど疲れてたんだな、こいつ――寝顔だけは可愛い上の弟を体で支えつつ、福太は心中でねぎらう。何にしろ、ここまでたどり着けたのはこの賢い弟の功績が大きい。休みくらい与えてやらないと。

福太もあくびをこらえた。それにしても、確かに奇妙な注文だ。あの脅迫状を本当に元太が作ったかどうかは脇においても――なぜ脅迫犯は、人質の解放場所を「看板裏」などと細かく指定したのだろうか？

単に解放するだけなら、橋のたもとでもいいはずだ。これでは「注文の多い料理店」ならぬ、「注文のおかしな脅迫状」――。

ん？

そこでふと、思考が止まる。

注文の多い料理店？　あの話って確か、食べる側と食べられる側が――。

まさか。

「元太くんのこと、悪く思わないであげてね」

運転席から、山根の気遣う声が聞こえる。

「弟の君たちにしたら、ちょっとショッキングな事実だろうけど。でもそういうのは、子供なら誰しも持つ感情だから。怜さん、いつも言ってた。世の中に悪い人はいない。悪いのは、誰かを『悪い人』と決めつける心だって――」

その言葉に、福太はハッと顔を上げた。

違う。

この人は、お袋の友達なんかじゃない。

そこでキッと、車が止まった。前を見ると、森から流れる雨水で道路が冠水している。

「あら、困った。これじゃあ、また回り道しなきゃ――」

その言葉が終わらないうちに、福太はドアを突き開け、弟たちの腕を摑んで外に飛び出した。

「逃げろ、学太、良太！　こいつは罠《わな》だ！」

8

「え？　え？」

福太の背中から、学太の困惑した声が上がる。

「待ってよ、福太、ちょっと――ちょっと！」

学太の問いかけを無視し、福太は寝ぼけ眼の良太を背負って走った。雨の激しくなる中、とにかく車の追って来られない道を選び、狭い田んぼのあぜ道を無我夢中で突っ走る。

やがて前方に、小さな橋が見えてきた。あれを渡れば逃げ切れる――勇み足で渡ろうとした福太を、学太が強い力で引っ張って止める。

「危ないよ、福太！　あの聖天橋《しょうでんばし》は、この前の台風で壊れかけてるんだ。学校でも使うなって言われたし」

何だと。福太は足を止めた。見ると確かに、手前に立ち入り禁止のロープが張ってある。

「急にどうしたの、福太くん？」

ギクリとした。振り返ると、すぐ背後に傘を差した山根がいる。いつの間に――いや、おそらく、動きを読まれて先回りされたのだ。車道を避けて逃げようとすれば、この橋に行きつくのは明白――。

福太は弟二人を背中で庇《かば》いつつ、山根と対峙する。

「……兄貴は、アンタを脅してなんていない」山根の顔を睨みつけつつ、言った。「兄貴は、ア、ア、ア、アンタに脅されている側だ」

「え？」

「な……なに言ってんだよ、福太」

学太が慌てる。福太は構わず続けた。

「さっきアンタは、『焼き鳥の本を使った脅迫状』と言った。けれど、あの脅迫状のことを説明するとき、学太は母親似のアンタを見て動揺し、『焼き鳥』を『焼き肉』と言い間違えた。だからアンタがあれを『焼き鳥の本』だと知っているはずがない。それを知っていたってことは、アンタがあの脅迫状に関わっていた証拠だ」

学太があっという顔をする。山根はキョトンと首を傾げた。

「そうだったかな？　じゃあ、私の勘違いね」

「そ、そうだよ、福太」学太が山根の顔をちらりと見て、味方に回ろうとする。「そのくらいの言い間違い、誰にでもあるだろ。それにどう考えても、『人質をさらって脅迫している』のは元太のほうじゃん。だって脅迫状が作られたのは、元太が女物を買っていたという目撃証言のあとなんだから――」

「逆なんだよ、学太」

「逆？」

「俺たちの、脅迫状の文字の並べ替え方が間違っていたんだ。あの文の『さらった女』と『三百万』を入れ替えてみろ。そうすれば、すべての疑問が解消する」

え？　と学太が再び驚き、すぐさま文章を諳《そら》んじる。

「『取引だ。八月十日午前二時、天神橋下のボートに〈さらった女〉を乗せろ。代わりに橋上の看板裏に〈三百万〉を置く』――そうか！」

学太がパンと両手を打ち鳴らす。

「これは誘拐事件じゃない。元太はただ、クェンさんを助けるために、犯罪グループから彼女を『さらった』だけ。この脅迫状は、元太にお金と引き換えにクェンさんを引き渡すよう要求するもの――渡すものが『お金』だから『置く』なんて表現を使ったし、『看板裏』なんて細かく場所まで指定する必要があったんだ！」

学太の驚愕《きょうがく》の眼差しが、山根に注がれる。福太も彼女を睨みつけた。山根はしばらくとぼけた振りを続けていたが、やがてフッと微笑むと、くるくると手の中で傘を回し出した。

「あーあ。今度こそ、本当に全部バレちゃった」

ガラリと声色を変えて、言った。

「まさか、ここまで『探偵』されちゃうなんてね。さすが怜さんご自慢のお子さんたち。彼女もあの世でさぞ鼻が高いことでしょうよ」

声に嫌味な感じが滲《にじ》む。その豹変《ひょうへん》ぶりに、頭が一瞬混乱した。この人――本当にさっきまでの山根さんと、同一人物か？

「どうして……山根さん……」

学太も言葉にならないようで、ただ唖然《あぜん》と彼女の顔を見つめている。

「話はちょっと複雑でね」

山根がバシャバシャと水たまりを渡りつつ、近寄ってきた。

「まず、うちで働いていたクェンさん――彼女はこの辺一帯で幅を利かせている、ベトナム系の犯罪グループの一員なの。

というか、付き合っていた男がそのグループのリーダー格で、彼女は知らないうちに仲間にされていたみたい。それである日、ついに耐えかねて、グループを抜けたいって元太くんに泣きついたらしいのね。

でも彼女自身、ビザの期限切れで不法滞在している身で。まあ私もそれを知ってて雇ってたんだけど――足元を見ればいくらでも賃金を安くできるし――だから彼女、警察にも相談できなくってね。それで元太くんは、彼女を匿って保護しつつ、昔の仲間の伝手《つて》をたどって、なんとか事を穏便に収める方法を探っていたみたい。

一方で私のほうには、当のグループから『お前のところの従業員を何とかしろ』って要請が来てね。お祭しの通り、私も善良な一市民ってわけじゃないから。レストランを乗っ取るときも彼らのお世話になったし、浮世の義理ってやつ？　だから彼らに協力せざるを得なかったのよ。

あの脅迫状の作成も手伝ったわ。切り抜きを使ったのは、彼らは日本語が下手だし、私も身バレしたくなかったから。本は彼らのアジトにあったものから、適当に選んだだけだったんだけど……そんなマイナーな本とは思わなかったわ。まあどうせ盗品かなにかでしょうけど」

「じゃあ……結婚するって言うのも……」

「もちろん嘘よー」

山根は一オクターブ高い声で笑って、指輪を外した左手をひらひらさせる。

「もう男なんてこりごり。でも、母親役は悪くなかったわ。ただ元太くん、隠れんぼがうまくて、なかなか居場所が摑めなかったのよね。そのうちにだんだん連中も痺《しび》れを切らしてきて、ちょっと物騒なことを言い始めてきたところで。それでどうしようかな、って悩んでたんだけど……」

山根が意地の悪い笑みを浮かべる。

「ちょうどよかった。交渉に使える材料ができて」

いったいなにを――と、福太が訊き返そうとしたところで。

ぐらりと、体が傾いた。

何だ……これ？　やけに眠いぞ。

何で、こんな状況で……急に眠気が……。

「眠いでしょう？　いいのよ、寝て。子守歌でも歌ってあげようか？」

山根がケラケラと笑う。

「山根さん……まさか、さっきの紅茶に……」

学太も必死に睡魔に耐えている様子で言う。まさかあれに、睡眠薬が？　そんなの――本当にあの「都市伝説」と、一緒――。

「どうして……ですか？」学太が弱々しい声で言った。「何で、そんな人たちと手を組んだんですか？　山根さんは、母さんの友達だったはずじゃ……」

「友達？」つうっと、山根の口の端が吊《つ》り上がる。「ええ、まあ。そりゃあ友達だったわよ。だって彼女、会う人とは誰とでも『友達』になれるような人だったもの。彼女の友達になるなんて、スーパーのポイントカード会員になるくらい簡単でしょ。

虫唾《むしず》が走るのよね。ああいう無条件に他人を善人だと信じて、内面を見ないような人は――」

「違うよ」思わず声が出た。「アンタは、お袋を勘違いしている」

「勘違い？」

ごうっ、と風が吹いた。強風に煽《あお》られ、山根の傘の骨が逆向きに反り返る。

「――なにそれ。まあこんな嵐の中で立ち話もなんだから、歩けるうちに車に乗って頂戴。続きはドライブがてら聞くわ」

山根が傘を畳み、片手を突き出す。その手にはナイフが握られていた。福太たちが動けないでいると、山根は微笑み、ナイフの先を、福太の背中で寝入っている良太に向ける。

まずい……ここで下手に逆らうと……。けど、おとなしく指示に従っても、今度は兄貴が……。

迷う福太の耳に、しゃがれ声が聞こえた。

「バカなことはやめな、百合香」


思わず、耳を疑った。

聞き覚えのある声だったからだ。福太はまさかと思いつつ、声のした方角を振り向く。

豪雨の中、雨合羽を着た人物が川下のほうから歩いてきた。

そのフードが風に煽られ、顔が露《あら》わになる。

神山……さん？

だがひときわ驚愕していたのは、山根だった。柔和な母親似の笑顔など今や見る影もなく、醜悪な顔つきで神山を睨みつけている。

「何で」

一段下がった声のトーンで、吠《ほ》えるように言った。

「お前が、ここにいるんだよ？」

「こっちが訊きたいよ」

神山はフードを戻しつつ、いつもの無愛想な調子で答えた。

「この台風だろ。前回のときも、野次馬根性で川を見に来て、流されかけたバカどもがいたからね。占いでも凶方と出てたし、同じ轍《てつ》を踏まないよう、商店街のみんなで自主的に見回りをしていたのさ。しかし……」

神山はちらりと福太たちのほうを見て、

「あの三バカ姉妹の二人に続いて、アンタらの顔までここで拝むとはね。どんな水難の相だい。いくら聖天様を信じてるといっても、使いのネズミになったつもりはないんだけどね」

どういうことだ？　今一つ状況が把握できないが、神山と山根の様子を見るに、どうやら二人は知り合いのようだ。福太は思わず両者の顔を見比べる。確かに山根は神山のことを「商店街の首領《ドン》」と呼んでいたが、この険悪な空気はそれだけの対立とは――。

全身で敵意をむき出しにする山根に対し、神山は終始無表情だった。そのまま黙って歩み寄ると、数メートルほど手前で足を止める。山根が握るナイフに目を向け、すっと目を細めた。

「アンタ、まだそんなことをしてたのかい」

溜息《ためいき》交じりに言う。

「あの密輸から手を引いたって聞いたときは、少しは期待したんだけどね。その様子じゃ、単にヘマをして逃げてきたって感じかね。あのレストランだって、筋の悪い連中の手を借りて乗っ取ったんだろう？　おかげで連中に借りができちまって、このざまだ。アンタ、ろくな死に方しないよ」

「お前に言われる筋合いじゃない」

「アタシを恨むのはいいさ。ただ、商店街のみんなを巻き込むのは止《や》めな。罪が大きくなるばかりで、どうせアンタの鬱憤は晴れやしないよ」

「うるさい」

山根が地面を見て言う。

「今さら、母親面するな」

えっ、と、福太と学太は同時に顔を上げた。

母親？

神山は山根を見つめつつ、淡々と話を続ける。

「これは母親面というより、警告だね。アタシもね、いい加減うんざりしてるんだよ。金策に困っている商店街のお人好《よ》し連中に保険金詐欺を吹き込んだり、気に入らない店には色恋沙汰を利用して、地味な嫌がらせをしたり……。いかにもアンタらしい、みみっちい犯罪だし、アタシの手で揉み消せる程度だったからこれまで見逃してきたけど、さすがに拉致監禁となると話が別だ。この子らをどうするつもりだい、アンタ？　話によっちゃ、こっちも黙っちゃいないよ。アンタが借りを作ってる連中に、居場所の情報でも流してやろうかい？」

ギリッと、山根が鬼のような形相で神山を睨んだ。福太は一瞬息を呑み、学太も無意識のように福太の袖を摑む。

だが山根はなにをしゃべるでもなく、ただ神山を射貫《いぬ》かんばかりに睨み続けた。

「……とにかく、この件からは手を引きな、百合香」

神山は少し視線を逸らして、言った。

「アタシも聞いちまった以上、知らぬ顔はできないよ。そのベトナム女のことなら気にしなくていい。アンタと付き合いのあるグループには心当たりがあるし、こっちも多少の伝手はあるからね。何とか事が丸く収まるよう、アタシが取り持ってやるよ。それに——ここに来る途中、一台のパトカーとすれ違ってね。港に向かってたけど、もしかしてアンタ、尻に火が付いているんじゃないのかい？」

しばらく、轟々《ごうごう》と流れる川の音が鼓膜に響く。山根はカカシのように突っ立っていたが、やがてナイフを持つ手を下ろし、良太の寝顔を見て、ふっと微笑んだ。

「――やっぱり、あの子の家族には優しいんだ」

そう捨て台詞《ぜりふ》を残し、去っていった。神山はそのまま雨にしばらく打たれていたが、やがて歩き出し、腰を抜かして地面にへたりこんだ学太を助け起こす。

「すまないね、アンタら」

取り出したタオルで学太の顔を拭いながら、言った。

「アタシらの親子喧嘩に、巻き込んじまって」

ネズミに導かれたのはアタシのほうかもしれないね、という呟きが雨音に混じる。その声の向こうに、遠くで鳴り響くパトカーのサイレンを聞いたような気がしつつ、福太はふっと意識を失った。

9

食欲をそそるスパイシーな香りが、リビングに漂った。

隣では良太が、椅子に膝立ちしながら今か今かとキッチンのほうをのぞき込んでいる。向かい側では黙々と、夏休みの宿題をする学太。キッチンカウンター越しには、颯爽《さっそう》とフライパンを振る元太の姿が見えた。久しぶりに見る、いつもの木暮家の光景だ。

「……悪かったな」

華麗な手さばきで調味料を振りかけながら、元太が言う。

「なにが？」

「お前らにまで、迷惑かけたみたいで」

「別に……僕たちが勝手に勘違いして、動いてただけだから」

学太が仏頂面で答える。

「でも、そのクェンさん……だっけ？　彼女のことも無事解決したようで、よかったね」

「ああ。お前らが神山さんに頼んでくれたおかげだ」

「それだって、僕たちは特になにもしてないけど」

あのあと神山は、きちんと約束を守ってくれた。元太と連絡が取れるようになり、家に帰ってきたのはその翌日のことだ。その間、当の犯罪グループは別件で警察に摘発されたりしていたらしいが（それでパトカーが出動していたようだ）、詳細は把握していない。

「けど兄貴は、どうしてそのクェンさんに肩入れしたんだ？」

福太が訊くと、元太は遠くを見るような目つきをする。

「彼女、ベトナムのハノイ出身でさ。例の『ベトナム風焼き鳥』とか、ベトナム料理のレシピをいろいろ教わっているとき、急に泣き出したんだ。やっぱり故郷に戻りたいって。それで、事情を詳しく聴いているうちに――」

元太の「元」は元気の「元」。落ち込んでいる彼女をみて、放っておけなくなったのだろう。

元太のお節介は母親譲りだ。

　学太がふーんと鼻を鳴らし、ノートを閉じる。

「僕はてっきり、元太が山根さんに取り込まれたのかと思ってたよ」

「何だよ、それ」元太が笑う。

「だってあの人、母さん似じゃん」

「そうか？」

　元太が首を捻る。確認してみたところ、元太は福太たちほど山根に母親らしさを感じていなかったらしい。むしろ逆に、絵本のことなど山根が妙に母親を連想させる話を振ってくるので、なぜだろうと不思議に思っていたそうだ。記憶がおぼろげな俺たちは騙せても、一番お袋を覚えている兄貴には通じなかった——と、いうことか。

「でも、まさか」

　学太が地球儀付きのシャーペンを指先で回しながら、呟く。

「あの山根さんが、母さんの『指輪事件』の元凶だったなんてね。さすがにそこまでは想像してなかったよ」

　福太は壁の小棚に置かれた母親の遺品——絵や手製のアクセサリー、愛用の黄緑色のストールなど——に目をやりつつ、頷いた。

「ああ。まったく」

　——神山の話では、例の指輪売却騒ぎにも、山根が関わっているということだった。

何でも、福太たちの両親は結婚当初、余裕がなくて指輪が買えなかったらしい。そこに山根が言葉巧みに取り入り、指輪を売り込んだそうだ。母親の怜は少し不審に思ったそうだが、父親が乗り気になってしまい、断れなかったらしい（父親は指輪を買ってやれなかった負い目もあったのだろう）。

それを詐欺だと見抜いたのが神山だ。神山は怜がしている指輪を見て、かなり質の悪いものだと指摘した。それで怜から事情を聴き、自分の娘の仕業だと気付いたそうだ。

神山は身内の尻ぬぐいと、警察沙汰にしたくないという打算もあって、自ら買い取りを申し出たという。怜は怜で、夫に真相を告げてがっかりさせたくなかったので、「神山の占いで指輪が不吉だと出たので、買い取ってもらうことにした」という言い訳を考えた。だがそれが思った以上に家族の反発に遭い、結局売却を断念したのだという。

「『もう、これでいいです』と、あの子は笑って言ったよ」

神山は懐かしそうな顔で言った。

「ただ、こうも付け加えた。『ただし、もしうちの子たちがお金に困ってこれを売りに来たら、高く買い取ってあげてください』ってね。そのへんはチャッカリしてたね、あの子は」

しかし神山が言うには、それが自分の娘――山根百合香との決定的な亀裂となったそうだ。当時から山根（この苗字は別れた夫の姓だという）とは不仲だったが、この詐欺を神山が怜にバラしたことで、山根は神山を完全に敵視するようになったらしいのだ。

「百合香にしてみれば、何で他人の娘を――って感じだろうね。自分の娘は大して面倒も見なかったくせに、ってね。まあ嫉妬だよ。百合香がアンタらの母親を真似《まね》し始めたのも、たぶんそれからさ。

確かに、ろくでもない母親だったけどね、アタシは。アンタらの母親に比べたら。自分の過去は棚に上げて、娘にはあれをするな、これをしろと、注文ばかり――」

そのときの神山の寂しげな笑いが、今でも福太の頭に残る。

「言いたかったことは、ただ一つ。アタシのようになるな、ってことだけだったんだけどね」

「それにしてもさ、福太」学太の声が聞こえた。「よく、山根さんの嘘に気付いたね？」

ああ、と福太は我に返る。

「それはさ、直前にあの人が言ってたろ。『怜さん、いつも言ってた。世の中に悪い人はいない』って。だから――」

「え？　そんなこと言ってたの、あの人？」学太が悔しそうに、「うわ、一生の不覚。寝てて聞き逃したよ。確かにそれを聞けば、一発だね」

良太の「良」は良心の「良」――良太が生まれたとき、怜は我が子たちに、「誕生カード」を読み上げて末っ子の名前の由来を語った。そのときに聞いた台詞を、福太はいまだ鮮明に覚えている。

世の中に、良い人なんていない。

なぜなら人間誰しも、我が身が一番可愛いから。肝心なのは、我が身可愛さのもとで、その人がどういう人間になろうとしているか。その方向性を決めるのが、良心――その話に当時は全くピンと来なかったが、大人になるにつれ案外深いことを言っていたんだな、と思う。

「おい。できたぞ」

元太の声がした。食卓を見ると、いつの間にか豪勢な料理が並んでいる。生春巻き、米麺のフォー、あのレシピに載っていた「ベトナム風焼き鳥」、名前は知らないが辛そうなスープや野菜入りオムレツやサラダ。フランスパンに甘辛風味の肉と刻み野菜を挟んだのは、バインミーとかいうサンドイッチだろうか。ベトナム料理祭りだ。

「うまそー！」

すぐさま椅子に飛び込むように座った良太が、尻を振りつつ、涎《よだれ》を垂らさんばかりに言う。

学太が意地悪そうに言った。

「残念だったな、良太。お前が食べられるのは、あのパクチーのサラダくらいだ」

「ううん。オレ、もうニク食べる」

「え、いいのか？」福太はつい驚く。

「うん」

良太はすっきりした顔で答える。

「頭の中の母ちゃんが、許してくれた」

「頭の中のお袋？」

「オレ、困ったことがあると、頭の中の母ちゃんに相談するんだ。昨日、ようやく母ちゃんが言ってくれた。ニクはエイヨウあるし、オレが食べたいなら、しょうがないって。その代わり、きちんとカンシャして、残さず食べなさいって」

学太と目を見合わせる。少々オカルトじみているが、まあおそらく、良太が誰かから聞いた話を、頭の中で母親の言葉として変換したのだろう。そうして自分で納得する考えに落とし込むのが、良太の言う「母ちゃんが許してくれた」だ。

「……一応言っとくと、良太はもう戒律を破ってるんだよ」

学太が憎まれ口を叩いて、同じく席に着いた。福太も後に続く。

元太の料理は、思わず無言になるほど旨かった。食欲旺盛な男子四人を前に、山盛りの大皿料理が魔法のようにみるみる消えていく。

「そういやさ」ふと福太は思い出して、呟いた。「あのグルメツアーって、結局何だったんだろうな」

学太が少し迷うような顔をした。

「まあこれは、今流行ってる噂なんだけど……。あのツアー会社が契約していた船で、女性の遺体が発見されたって」

「え？」福太の箸が止まる。「その女性ってまさか、あの『レタス色のストール』の人じゃないよな？」

「知らない。だから噂だよ、ほぼ都市伝説みたいな。でも、どこかの港にパトカーが押しかけていたのは事実みたいだし、社長が山根さんの知り合いってことは、やっぱりあのツアー会社もただの会社ではない気がするけど……」

少し心配になった。あのドジな女性は無事だろうか。彼女のおかげで真相にたどり着けたようなものだから、ぜひとも息災であってほしい。

「注文の多い料理店、か……」

彼女の落とし物から童話を連想したときのことを思い出したのだろう。学太が遺品棚の絵本を眺めて、呟く。

「実はさ……良太じゃないけど、僕の頭の中にも母さんが棲《す》んでてさ。いろいろうるさく注文してくるんだよ。あれはするな、これはするなって」

「ふうん」福太は水を飲み、ふうと息を吐く。「同じだ」

「同じ？」

「俺も、頭の中にお袋がいる。勉強とかサボってると、出てくる」

「へえ……」

するとそこで、元太が急に肩を震わせて笑い出した。

「何だよ。兄弟みんな一緒かよ」

本当に——死んでまで子供たちにあれやこれやと注文を出すとは、心底うるさい母親だ。けれど、不快ではない。むしろずっとそうしていろと思う。自分たち四兄弟、曲がりなりにも道を外さずやってこられたのは、きっと母親が名前に込めた想《おも》いのおかげだろう。その想いが自分たちの足元を照らし、迷いの霧を晴らし、進むべき道を指し示す光明となる。

——頼むから、ずっとうるさくいてくれよ、お袋。

ある日の食卓

風呂が沸き、入浴の準備をしようと洗面台の棚を開けたところで、福太《ふくた》はふと首を傾《かし》げた。

「学太《がくた》ぁ」洗面所のドアを開けて、叫ぶ。「あのバスソルト、どうした？　せっかくだから、今日使っちまおうと思ってたんだけど」

「返したよ」

するとリビングから、ぶっきらぼうな声が返った。

「返した？　誰に？」

「元の持ち主の家族に。調べたら、落とし主が知り合いの身内だった」

そんな偶然があるのか。バスソルトとはもちろん、あの誘拐騒動のときに例の「レタス色のストール」の女性が落としていったものだ。わざわざ持ち主を探し出して返すほどの代物でもなかったので、少々扱いに困っていたのだが――まあ、本来の持ち主のもとへ戻ったというなら、それは喜ばしい。

しかし肝心の持ち主について訊《き》くと、「いいだろ、誰だって。福太には関係ないんだし」とお茶を濁された。妙だな、と福太は首を捻《ひね》りつつ風呂に入る。隠す理由が謎だし、本人にじゃなく家族に返したと言ったのも引っ掛かる。そういえばその後、船から女性の遺体が発見されたとか不穏な噂《うわさ》が流れたが……当の女性は、無事だったのだろうか？

モヤモヤしつつ、風呂を出る。頭を拭きながらリビングに向かうと、ソファで学太と良太《りょうた》が仲良く携帯ゲーム機をいじっていた。良太はともかく、学太が夢中になるのは珍しい。こいつもいよいよ、サボり癖がついてきたか。

「おい。夕飯の準備、出来たぞ」

元太《げんた》が、食卓から声をかけてくる。期待の眼差《まなざ》しで振り返ると、テーブルにはぽつんと茶色い袋が置かれているだけだった。こちらも珍しく、今晩のメニューは地元の人気串焼き店「串真《くしま》佐《さ》」で買ってきた、出来合いの焼き鳥らしい。

といっても手抜きではない。元太の場合は、これも本業の一環。なんでも元太の店はあれからまたオーナーが代わり、新オーナーの発案で、地元のぎんなみ商店街とコラボ企画を行うことになったそうだ。その第一弾として「串真佐」とのコラボ弁当の発売が決まり、それで味の研究をしているという。

そのあときちんとサラダや副菜も運ばれてきたので、さすがは兄貴と安心した。料理が出揃《でそろ》い、「飯だぞ」と弟二人にあらためて声をかけると、まず猟犬のような速さで良太が、少し遅れて学太がやってくる。

「学太は、モモ塩だよな？」

訊きつつ、福太は袋の串を各自の皿に取り分けようとする（ちなみに木暮《こぐれ》家では、焼き鳥は大皿に盛ると食べたい串の奪い合いになるので、事前に分けるようにしている）。

「あ、えっと……」するとと学太はなぜか目を泳がせて、「いや、今日はモモじゃなくていいや。代わりにこっちのツクネ……いや、ササミ……違う、トリカワにする」

「トリカワ？　お前、皮って苦手じゃなかった？」

「僕、そんなこと言った？」

学太は澄まし顔で席に着く。しかしいざ食事が始まり、皮串を一口かじると、学太は微妙な顔をした。――やっぱり苦手なんじゃねえの？　最近ちょっと様子が変だな、コイツ。

「やきとり、うめー」

福太の疑惑をよそに、良太の能天気な声が響く。

「そうか……やっぱりこのくらい甘いタレのほうが、一般受けはいいか。これに合わせる副菜となると……」

元太は元太で、味の分析に熱心だった。福太は苦笑する。相変わらずバラバラだな、うちは。一緒に飯を食う意味あるのかこれ、と若干疑問に思ってしまうが、しかし、まあ――なんだかんだ言って、この賑《にぎ》やかさが心地いい。四兄弟ならではの特権だ。

――これからもっと賑やかになるわよ、きっと。

お袋？

ふとそんな声が聞こえた気がして、福太はリビングの遺品棚を振り返った。空耳か？　思い返すに、家族は多くて賑やかなほうがいい、というのが母親の持論だった。そのせいで「福ちゃんはいつ彼女を連れてくるの？」と小学生のころから詰められたのは、子供心に辟易《へきえき》したが――。

月夜の窓から見える、母親の眠る銀波寺の墓地を眺めつつ、福太は静かに微笑《ほほえ》む。

拝啓、お袋。

みんな、まあまあよろしくやっています。

【初出】
第一話「桜幽霊とシェパーズ・パイ」
「小説丸」2020年10月、11月掲載

第二話「宝石泥棒と幸福の王子」
「小説丸」2021年12月、2022年1月掲載

第三話「親子喧嘩と注文の多い料理店」
「小説丸」2022年9月、10月掲載

単行本化にあたり改題、加筆改稿を行いました。

井上真偽（いのうえ・まぎ）

神奈川県出身、東京大学卒業。『恋と禁忌の述語論理（プレディケット）』で第51回メフィスト賞を受賞しデビュー。『探偵が早すぎる』は2度連続ドラマ化され話題になる。近著に『ベーシックインカムの祈り』『ムシカ　鎮虫譜』『アリアドネの声』などがある。

装画　風海
装丁　長﨑　綾（next door design）

ぎんなみ商店街の事件簿 Brother編

二〇二三年九月十八日　初版第一刷発行
二〇二四年七月二十三日　第十一刷発行

著者　井上真偽
発行者　庄野　樹
発行所　株式会社小学館
〒一〇一－八〇〇一　東京都千代田区一ツ橋二－三－一
編集　〇三－三二三〇－五九五九　販売　〇三－五二八一－三五五五
DTP　株式会社昭和ブライト
印刷所　萩原印刷株式会社
製本所　株式会社若林製本工場

ISBN 978-4-09-386691-0